세계
고전
유랑단

세계시민 감수성이 커지는 문학 탐험,
전쟁부터 환경까지

세계
고전
유랑단

박균호 지음

다른

세계 고전 유랑단에 초대합니다

○ **일시:** 책을 펼친 언제든

○ **장소:** 방구석 어디서나

○ **참여:** 세계시민 누구나

오래전 세상에 나온 고전이 지금까지
사랑받는 이유는 무엇일까요?
오늘을 살아가는 사람들에게도
변함없이 울림을 주기 때문입니다.

지구 곳곳의 다양한 사회와 문화는 물론
노동이나 빈곤, 환경, 전쟁, 난민처럼
전 세계가 함께 고민해야 하는 문제까지,
고전은 세계를 넓고 깊이 있게 바라보게 해주는
특별한 망원경입니다.

세계의 평화와 자유, 행복을 위해
고전은 쉬지 않고 목소리를 내고 있어요.
세계시민 감수성이 커지는 고전 유랑,
지금부터 시작해 볼까요?

차례

돈키호테에게 배우는 다문화 시대

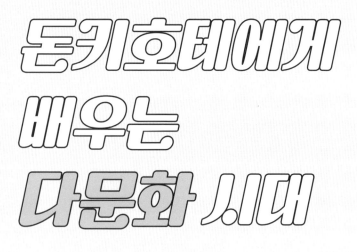

프랑스는 2022년 카타르 월드컵에 출전한 23명의 선수 중에서 무려 13명을 아프리카계 출신으로 채웠습니다. 골키퍼로 활약하는 알퐁스 아레올라는 어머니가 필리핀 출신이에요. 대표팀에서 가장 유명한 킬리안 음바페 선수 역시 아프리카계 프랑스인입니다.

프랑스는 과거에 백인만으로 대표팀을 꾸렸지만, 1996년부터는 월드컵에서 좋은 성적을 얻기 위해 다양한 출신의 선수를 선발했습니다. 1998년 프랑스 월드컵에서 우승할 당시 대표팀에서 백인은 골키퍼인 파비앙 바르테즈가 유일했습니다.

스페인의 황금기를 풍자한 이야기

. . .

《돈키호테》의 저자 미겔 데 세르반테스는 1547년 스페인 마드리드 근처 작은 마을에서 외과 의사의 아들로 태어났습니다. 당시 유럽을 대표하는 강대국이었던 스페인은 신대륙에서 많은 금과 작물을 가져와 막대한 부를 누리고 있었습니다. 신대륙을 개척한 탐험가들은 자신의 경험에 온갖 상상력과 과장을 더해 마치 소설과 같은 보고서를 왕에게 보냈습니다. 황금기를 살던 스페인 사람들은 비범한 재주를 지닌 기사가 신대륙에서 보내오는 과장된 무용담처럼 흥미로운 모험을 펼치는 **기사소설**에 취해 살았습니다.

《돈키호테》의 주인공인 돈키호테도 기사소설에 푹 빠졌던 인물입니다. 이런 돈키호테의 모습은 당시 모든 스페인 사람들의 자화상이었습니다. 작가인 세르반테스도 예외는 아니었습니다. 세르반테스는 전쟁터에 나가 큰 공을 세우고 싶어 했습니다. 그래서 아랍 지역의 투르크 세력과의 전쟁인 레판토 해전에 참전했다가 왼쪽 팔을 크게 다치기도 했습니다. 그러나 영원할 것 같았던 스페인의 전성기는 오래가지 않았습니다. 16세기 말에 들어서면서 스페인은 점차 쇠퇴했고 참전 용사인 세르반테스는 세금 징수원으로 일하다가 급기야 공금 횡령죄로 감옥에 갑니다.

《돈키호테》는 이 시기에 집필된 소설입니다. 평생 전쟁과 모험, 출세를 열망했던 세르반테스는 자신의 비참한 말로를 비관했어요. 자신이 열광했던 기사소설과 탐험가들이 쓴 모험담이 모두 거짓이며 부질없는 것이라고 생각했습니다. 세르반테스는 기사소설과 무용담에 미친 주인공 돈키호테에 자신의 예전 모습을 담았습니다. 그리고 스페인 사람들을 열광하게 한 온갖 기사소설은 사실 허황한 것이라고 비판했습니다.

돈키호테에게 배우는 관용 정신

• • •

기사소설을 비판하려 한 세르반테스의 의도와는 달리 우리는 《돈키호테》를 통해서 국제사회를 살아가는 데 꼭 필요한 덕목을 배울 수 있습니다. 그것은 바로 **관용**입니다. 관용이란 남을 너그럽고 이해하고 받아들이는 태도를 말해요.

《돈키호테》는 스페인의 라만차라는 작은 마을에 살았던 알론소 키하노라는 하층 귀족이 유유자적한 삶을 살다가 어느 순간부터 식음을 전폐하는 것으로 시작합니다. 그는 기사소설에 빠진 나머지 급기야 세상의 모든 악당을 소탕하고 약자를 구원하는 기사가 되겠다며 길을 나서지요. 자신의 이름도 돈키호테로 바꾸고 조상 대대로 물려받은 갑옷으로 무장해 비쩍 야윈 말 로시난테를 타고 길을 떠납니다.

돈키호테가 기사소설에 빠져 미쳤다고 생각한 조카딸, 신부, 이발사는 기사소설을 모두 불태우기로 결정합니다. 그러나 애초에 돈키호테를 미친 사람으로 취급하고 그가 탐독한 기사소설이 불태워 마땅한 책이라는 생각은 주변 사람들의 편견일 수도 있습니다. 사람은 누구나 자신만의 가치관과 개성으로 살아갈 권리가 있습니다. 물론 돈키호테가 환상에 빠져 무고한 사람을 공격하는 것은 비난받아 마땅하지만, 그가 가지고 있던 열정이나 삶의 태도는 다른 사람이 관여할 일이 아니지요. 현대에 들어와 돈키호테는 허황한 꿈 때문에 엉뚱한 일을 저지르는 사람이기보다는 자신이 설정한 목표에 열정을 가지고 도전하는 사람으로도 해석됩니다.

《돈키호테》의 배경이 되는 스페인의 라만차

편견으로 가득했던 재판

· · ·

자신의 기준과 가치관으로 다른 사람을 섣불리 미친 사람으로 취급하는 것은 타인에 대한 관용이 부족한 태도라고 볼 수 있습니다. 마찬가지로 돈키호테가 즐겨 읽은 책을 모두 불태워 버리겠다는 주변 사람도 관용 정신이 부족한 사람이지요.

돈키호테의 조카딸은 기사소설을 모두 불태워 버리고 싶어 했지만, 신부는 일단 제목이라도 좀 읽어 보겠다며 기사소설에 대한 재판을 시작합니다. 신부는 우선 다른 사람의 이야기를 들어 본 다음 어떤 책은 불태우고 어떤 책은 살려 두겠다고 말합니다. 이 재판은 이발사와 신부가 책을 한 권씩 집어 들고 책을 평가하고, 불태울지 살려 둘지를 결정하는 방식으로 진행됩니다. 등장인물들이 어찌나 자세하게 여러 책을 언급하는지, 재판은 무려 13쪽에 걸쳐 계속됩니다.

이 장면에서 우리는 세르반테스가 무척 재미있는 작가라는 것을 눈치 챌 수 있습니다. 기사소설이 해로우니 비판하자고 쓴 이야기 속에서 오히려 기사소설을 장황하고 길게 소개하니까 말입니다. 더욱 재미있는 것은 세르반테스 자신이 쓴 작품을 이 재판에 등장시켰다는 것입니다. 이발사는 세르반테스의 작품이 기발한 창작력이 발휘된 소설이며 곧 출간될 2권이 나올 때까지 1권은 불태우지 말라고 합니다. 사실 재판장 역할을 하는 신부는 이발사가 언급하는 기사소설의 줄거리와 문체를 모두 꿰고 있습니다. 신부도 기사소설에 심취했다는 뜻이죠. 결론적으로 돈키호테 서재에서 열린 책 재판은 타인의 취향과 가치관을 자신만의 잣대로 평가하는 부당함을 상징합니다.

톨레랑스가 필요한 다문화 사회

• • •

프랑스 축구 대표팀에서 볼 수 있듯이 세계는 지금 인종과 국적에 상관없이 자유로운 교류가 가능한 사회입니다. 프랑스 축구 대표팀이 좋은 성적을 거두고 있는 것은 인종이나 출신을 가리지 않고 실력으로 선수를 구성하기 때문입니다. 프랑스 말로 **톨레랑스**는 '관용의 정신'을 뜻합니다. 다양한 문화를 편견 없이 대하는 톨레랑스는 프랑스 축구의 가장 강력한 무기입니다.

그러나 여전히 우리나라는 인종, 사상, 종교, 문화 등에 많은 편견을 가지고 있습니다. 마치 《돈키호테》에서 돈키호

2022년 카타르 월드컵에 출전한 프랑스 축구 국가대표팀

테의 책을 재판한 이발사와 신부처럼 말이죠. 이슬람 극단주의 무장 테러 단체인 탈레반의 공격을 피해서 2021년 우리나라에 입국한 아프가니스탄 난민들을 생각해 보세요. 이들은 대한민국 정부에서 각종 지원을 받아 정착할 준비를 마쳤지만 많은 사람은 여전히 이들을 냉대합니다.

특히 25명의 아프가니스탄 학생들이 다니게 될 학교의 학부모들은 대놓고 난민들의 입학을 반대하는 글을 올려 사회적 논란이 되기도 했지요. 또 우리나라에서 제작한 몇몇 범죄영화는 외국인 근로자가 많이 거주하는 동네를 '심심찮게 칼부림이 나고 경찰도 잘 들어오지 않는 위험한 곳'이라고 묘사합니다. 이런 영화는 외국인 근로자를 향한 편견을 만들어 냅니다. 편견이 없던 사람들조차 영화를 보고 나서 편견을 가지게 됩니다.

2021년을 기준으로 국내에 체류하고 있는 외국인이 200만 명에 가까워졌고, 2021년 한 해만 1만 5,000쌍의 국제결혼 부부가 탄생했습니다. 이제 국내에 체류하는 외국인이 우리나라 인구의 5퍼센트를 차지합니다. 축구 국가대표팀의 대부분을 유색인으로 채운 프랑스는 전체 인구의 5~8퍼센트가 흑인입니다. 즉 우리나라도 이미 여러 나라의 문화가 공존하는 **다문화** 사회로 진입하고 있다는 것이죠.

다문화 시대에 필요한 교육

· · · ·

다른 문화에 대해서 관용적인 태도를 가지는 것은 생각보다 쉽지 않습니다. 톨레랑스의 상징으로 여겨지는 프랑스에서도 민족 간, 인종 간 갈등이 심심찮게 발생하고 있거든요. 우리나라가 성공적으로 다문화 사회로 정착하려면 우선 외국인을 대상으로 하는 수준 높은 한국어 교육이 절실합니다. 문화적 차이 앞에서도 관용을 가질 수 있도록 한국인을 대상으로 한 체계적이고 지속적인 교육 프로그램도 필요합니다. 이를 통해서 우리 사회의 구성원들은 그 사람이 어디에서 왔든 서로 다른 문화를 존중하고 차이를 인정하는 태도를 가지게 되겠지요.

요즘 외국인 며느리와 한국인 시댁 어른들과의 갈등은 TV 프로그램으로 제작될 만큼 흔한 일입니다. 결혼을 하면서 한국으로 이주한 사람에게는 새로운 한국인 가족과의 갈등을 해소할 수 있는 교육이 필요하겠지요. 외국인에게는 우리나라의 고유한 문화에 대한 교육이 절실하고, 한국인 가족도 역시 이민자가 살던 나라의 문화를 배워야겠지요. 서로의 문화를 알아야 이해할 수 있는 여지가 생기니까요.

다문화 가정 자녀를 위한 이중 언어 교육도 필요합니

다. 다문화 가정 자녀들은 대부분 한국어에 익숙하며 이민자의 모국어는 거의 사용하지 않습니다. 이렇게 되면 가정에서 이민자만 외톨이가 되기 쉽지요. 시골에 소재한 학교에는 다문화 가정 자녀가 많은데, 이민자 출신인 어머니만 따로 나가서 사는 경우가 종종 있습니다. 이런 학교에 다문화 가정의 자녀가 어머니의 모국어를 공부할 수 있는 강좌가 개설되면 여러모로 긍정적인 효과가 나타날 것이라고 생각합니다. 물론 이 모든 정책에는 이민자가 우리나라에 애착을 갖고 새로운 보금자리에 잘 정착하려는 최소한의 노력이 전제되어야 하겠지요. 하지만 그 노력 또한 사회가 그들을 얼마나 따뜻하게 대하고 배려하는지에 달려 있지 않을까요?

유랑단 게시판

1. 우리나라 사람들은 이슬람 문화에 대한 선입견이 많습니다. 이슬람에 대한 대표적인 편견으로는 어떤 것들이 있을까요?

2. 우리 사회에서는 여전히 다문화 가정에 대한 차별과 편견이 존재합니다. 이 문제를 해결하기 위해서 국가는 어떤 정책을 펼칠 수 있을까요?

우크라이나 전쟁을 경고한 기록

#존 스타인벡 · 로버트 카파, 《러시아 저널》

2022년 러시아의 온라인 서점에서는 조지 오웰의 《1984》가 전년보다 45퍼센트 이상 더 판매되면서 소설 부문 베스트셀러 1위에 올랐습니다. 《1984》는 소련의 독재자 스탈린과 공산주의 독재 정권을 비판하는 소설이죠. 이 소설이 러시아에서 갑자기 잘 팔린 이유는 무엇일까요? 러시아 국민은 어쩌면 지도자인 푸틴에게서 스탈린의 모습을 보았는지 모릅니다. 푸틴은 2022년부터 우크라이나와 전쟁을 벌이면서 죄 없는 사람들을 학살하는 폭력적인 독재자라는 비판을 받고 있습니다.

수십 년 전 발표된 작품인 《러시아 저널》은 러시아의 우크라이나 침공을 떠오르게 합니다.

전쟁이 남긴 상처

· · ·

《러시아 저널》은 소설과 기록사진에 관심이 있는 독자라면 가슴 설레는 저작입니다. 《분노의 포도》와 《에덴의 동쪽》의 저자 존 스타인벡과 20세기 가장 유명한 종군 사진기자인 로버트 카파가 함께 기록한 취재기이기 때문입니다. 카파는 한 군인이 스페인 내전 당시 총탄을 맞고 쓰러지는 순간을 담은 사진으로 잘 알려진 기자입니다. 《러시아 저널》은 **2차 세계대전**이 막 끝난 1947년 스타인벡과 카파가 두 달간 소련에 머물면서 전쟁이 남긴 상처를 글과 사진으로 기록한 특별한 책입니다.

《러시아 저널》 속 이야기는 2022년부터 발발한 **러시아-우크라이나 전쟁**과 신기할 정도로 똑같습니다. 당시 러시아는 독일의 침략을 받은 피해자였지만 지금은 우크라이나를 침략한 가해자라는 사실만 다를 뿐이지요. 따라서 우리는 이 책을 통해서 세계 각지에서 벌어지는 전쟁과 분쟁이 어떻게 진행되고 어떤 상처를 남기는지 잘 알 수 있습니다.

우크라이나와 전쟁을 벌이고 있는 푸틴은 침략을 부인합니다. 그는 우크라이나 돈바스 지역에 거주하는 러시아인과 러시아의 미래 안보를 위해서 특별 군사작전을 벌이고 있을 뿐이라고 변명합니다. 마치 러시아 국민이 전쟁을 원하고 있고, 러시아 국민을 위한 전쟁인 것처럼 말합니다. 그러나 스타인벡은 1947년 러시아가 입은 전쟁의 참상을 목격하고 돌아오는 길에 이런 글을 남깁니다.

"우리가 만난 모든 사람은 전쟁을 극도로 싫어합니다. 그리고 러시아인들은 다른 모든 사람처럼 평화와 안전을 원합니다."

그렇습니다. 전쟁을 원하는 국민은 없습니다. 그런데도 왜 통치자들은 전쟁을 벌이는지, 왜 우리는 그런 지도자에게 복종해야 하는지 의문을 제기하지 않을 수 없지요. 전쟁이 얼마나 비극인지는 카파의 죽음만 봐도 알 수 있습니다. 그는 기자 생활 내내 전쟁터를 누비면서 전쟁의 비참함을 알렸는데, 1954년 월남전 종군기자로 활약하다가 지뢰를 밟고 세상을 떠났습니다.

2차 세계대전 당시 독일군은 그때 소련이었던 러시아와 우크라이나 땅에 공격을 퍼부었습니다. 그런데 소련의 수도 모스크바는 독일 군대에게 극심한 공격을 받지 않았습니다. 전쟁의 최전선이 아니었으며, 수도이기 때문에 방어 체계가 잘 갖춰져 있었거든요. 물론 독일군은 모스크바를 폭격하려고 시도했지만 큰 타격을 주지 못하고 오히려 손실만 입어 공격을 포기했지요. 모스크바는 당시 우크라이나에 비해서 전쟁의 피해가 크지 않았습니다.

그러나 스타인벡을 만난 모스크바 시민은 혹시 미국이 전쟁을 원하고 있는 것은 아닌지 걱정합니다. 물론 전쟁을 원하는 미국인은 거의 없었지요. 전쟁이 인간의 삶을 얼마나 비참하게 만드는지 충분히 겪었거든요. 추운 겨울날 얼어붙은 손가락으로 방아쇠를 당기기 위해 방금 죽은 동료가 흘린 피에 손을 녹였다는 소련군의 증언은 믿기 어려울 정도로 끔찍합니다.

민간인이 겪는 아픔

• • •

푸틴은 스탈린처럼 자신의 정책에 반대하는 세력을 철저히 탄압해 왔습니다. 더 나아가 우크라이나와의 전쟁을 마치 국민이 원하고 국민에게 필요한 것이라고 선전했습니다. 그래서 푸틴은 현재 우크라이나 침략전쟁을 '특별 군사작전'이라고 애써 부르고 있습니다. 크렘린궁 대변인은 러시아는 우크라이나를 미워하지도, 민간인을 공격한 적도 없다고 주장합니다. 민간인을 공격하지 않았다는 푸틴의 말은 사실일까요?

유엔UN에 따르면 러시아가 우크라이나를 침공한 2022년 2월부터 9월 사이, 우크라이나 민간인 사망자 수는 1만 4,000명을 넘었습니다. 이 수치는 공식적으로 확인된 것일 뿐 실제 사망자는 훨씬 많겠지요. **한국전쟁** 때 민간인 사망자 수는 무려 77만 명이었습니다. 군인 사망자가 15만 명이었다는 사실을 생각하면, 전쟁에서 민간인을 공격하거나 학살하지 않는다는 지도자의 말은 거짓입니다. 2차 세계대전 때 독일군에게 공격을 받은 우크라이나의 사정은 어땠을까요?

우크라이나는 세계적인 곡창지대입니다. 2022년부터 우크라이나가 러시아와 전쟁을 치르면서 전 세계 곡물 시장이 크게 흔들릴 정도입니다. 농사가 잘되는 기름진 토양과 엄청난 농산물 수확을 자랑하는 우크라이나는 늘 강대국이 군침을 흘려 온 곳이죠. 2차 세계대전 때 우크라이나는 소

러시아의 침공으로 파괴된 우크라이나 키이우의 아파트

련의 중심으로 가는 길목에 있었기 때문에 독일군은 이곳에 무시무시한 공격을 퍼부었습니다. 독일군에 의해 폐허가 되었던 우크라이나는 현재 러시아 때문에 다시 전 국토가 파괴되어 가고 있습니다. 러시아로서는 우크라이나를 차지해야 러시아 중심부로 향하는 적을 막기 쉽거든요.

어쨌든 2차 세계대전 당시 4,500만 명이었던 우크라이나 인구 중에서 무려 600만 명 이상의 민간인이 전쟁 중에 사망했습니다. 군인을 제외하고 전체 인구의 15퍼센트가 전쟁 때문에 희생되었습니다. 《러시아 저널》에서 가장 슬프고 비참한 내용을 살펴볼까요? 전쟁이 끝나고 농사를 하는 남자들 상당수는 장애인이었으며 휘발유 동력기를 가동하는 한 농부는 한손의 손가락이 아예 없었습니다. 모두 전쟁 때 입은 상처였습니다.

전쟁으로 파괴된 유적

· · ·

전쟁 때문에 피해를 본 것은 사람뿐만이 아니었습니다. 우크라이나 정교회의 중심이자 러시아에서 가장 오래된 종교 건축물인 '키예프 페체르스크 라브라'는 전쟁 중에 독일군의 주요 약탈 대상이었습니다. 독일군은 이 건축물에 있던 수많은 보물을 약탈했고, 약탈 사실을 감추기 위해 폭격을 가해 건축물 자체를 파괴했습니다. 1,000년을 버텨 온 문화유산이 전쟁으로 한순간에 망가졌지요. 전쟁으로 인한 문화재 파괴는 현재진행형입니다. 2022년 6월 유네스코는 러시아 침공 이후 우크라이나 문화 유적 중 152곳이 파괴되었다고 발표했거든요.

전쟁이 파괴한 문화 유적의 역사는 길고도 광범위합니다. 우리나라가 겪은 일을 살펴볼까요? 13세기 고려를 침략한 몽골은 신라 황룡사 9층탑을 불태웠고, 고려가 처음으로 만든 초조대장경 또한 불태워 없앴습니다. 임진왜란 때도 마찬가지입니다. 당시 왜군은 한양·성주·충주·전주 네 곳에 보관 중이던 《조선왕조실록》을 전주사고만 제외하고 모두 불태웠습니다. 구한말에 이르러 병인양요 때 프랑스군은 외규장각도서를 약탈하는 것으로 모자라 귀중한 도서 4,700권을 불태웠습니다. 한국전쟁 때도 마찬가지여서 진주 촉석루가 불타 없어졌지요. 왕과 왕비의 휴식처였던 경복궁 향원정과 취향교도 한국전쟁 때 파괴되었다가 최근 겨우 복원되었습니다.

원시 시대로 되돌아간 동네

· · ·

《러시아 저널》은 전쟁이 끝나더라도 전쟁 전의 모습으로 되돌아가기 위해서는 얼마나 힘든 과정을 거쳐야 하는지 잘 보여 줍니다. 파괴는 쉽지만, 복구에는 정말 어려운 과정과 고통이 필요하거든요. 독일군이 철저히 파괴한 우크라이나를 책 속에서 묘사하는 것을 보면 마치 원시 시대로 되돌아가는 느낌을 받습니다. 농사를 짓는 데 도움이 되는 소와 말 또한 전쟁 때문에 상당수가 없어져 버렸지요. 과거 우크라이나 농부들이 스타인벡을 만나 대화할 때 가장 궁금해한 것은 미국 농부들은 어떻게 농사를 지으며 어떤 농기구를 사용하느냐는 것이었습니다. 그만큼 생산 기반이 모두 없어진 상태에서 농사가 얼마나 고통스러운지를 알 수 있습니다. 그들에게 트랙터 한 대가 얼마나 절실했을까요?

당시 우크라이나에서는 전쟁에 나간 많은 남자가 사망하는 바람에 농사짓는 사람의 대부분은 여성이었습니다. 게다가 평소 트랙터를 생산하던 공장이 탱크를 만드는 공장으로 사용되었기 때문에 농기구가 절대적으로 부족했습니다. 그래서 거의 맨손으로 농사를 지었던 원시 시대 상태로 되돌아가 버린 것이죠. 이런 이유로 스타인벡은 '미친 듯이' '잠

시도 쉬지 않고' 일을 해야 하는 우크라이나 농부를 목격한 것입니다.

우리나라에서 전쟁이 난다면 1947년 당시 우크라이나 시민들과 비슷한 상황을 겪게 되겠지요. 오늘날 무기는 더 큰 살상력과 파괴력을 가지고 있으니 더욱 비참한 일을 겪게 될 가능성이 높습니다. 더구나 2차 세계대전 당시는 전방과 후방이 존재했지만, 미래 사회의 전쟁은 전후방을 가리지 않습니다. 현재 우리가 사는 대한민국에 핵무기에서 안전한 곳은 존재하지 않으니까요. 우리가 《러시아 저널》을 통해서 얻는 유일하고 가장 중요한 교훈은 전쟁은 절대로 일어나서는 안 된다는 것입니다.

유랑단 게시판

1. 모든 전쟁은 악일까요? 만약 정당한 전쟁이 있다면, 어떤 이유로 발생한 전쟁일까요?

2. 전쟁 범죄란 살인, 학살, 약탈 등 군인이나 민간인을 대상으로 한 비인도적 행위를 가리킵니다. 다친 적군을 공격하는 것도 전쟁 범죄일까요?

종교 갈등에 대처하는 자세

유엔은 세계 평화를 위해 150개가 넘는 나라가 모여 만든 국제기구예요. 그런데 '종교유엔'에 관한 이야기도 들어본 적이 있나요? 종교유엔의 창설은 유대교의 최고 지도자인 요나 메츠거 수석 랍비가 2007년 처음 제안했어요. 그는 세계 곳곳의 종교 갈등과 분쟁을 전 세계가 힘을 모아 해결할 것을 주장했습니다.

당시 교황이었던 베네딕토 16세도 "신의 이름으로 정당화된 수많은 폭력과 전쟁으로 찢긴 세상에 맞서 종교가 더 이상 증오의 도구가 되어서는 안 된다"라고 목소리를 높였습니다.

종교에 관한 진보적인 생각

· · ·

허먼 멜빌이 쓴 《모비 딕》은 소설이라기보다는 차라리 고래 백과사전이라고 생각될 정도로 고래에 대한 지식으로 가득 차 있습니다. 우리나라 번역본이 900쪽 정도 되는 대작인데, '모비 딕'이라는 별명을 가진 향유고래와 포경선과의 유명한 혈투 장면은 불과 수십 쪽에 불과합니다. 나머지 분량은 지루한 고래 이야기, 포경선 이야기, 항해 이야기로 채워져 있습니다. 드라마 〈이상한 변호사 우영우〉에서 주인공 우영우가 고래 이야기를 할 때 사람들이 지겨워하는 것처럼 웬만한 독자는 《모비 딕》을 끝까지 읽기 쉽지 않습니다.

그런데도 《모비 딕》은 미국인들이 사랑하는 소설 중의 하나로 당당히 군림하고 있습니다. 이 소설은 많은 고전소설이 그런 것처럼 생각보다 어렵지 않고 심지어 웃음을 자아내는 장면도 많습니다. 지독하리만큼 자세한 고래와 포경선 이야기만 잘 참고 넘어가면 말이죠. 소설을 끝까지, 그리고 자세히 읽은 독자들은 누구나 미국인이 이 소설을 왜 그토록 추앙하는지 이해할 수 있습니다. 인생을 통찰하는 아름답고 예리한 문장뿐만 아니라 19세기에 쓰인 소설이라고 도저히 믿기지 않을 만큼 종교에 대한 관용을 보여 주는 책입니다. 작가의 편견 없고 진보적인 종교관은 우리가 사는 21세기에도 꼭 필요하고 유효한 가르침이에요.

이교도 식인종을 만나다

• • •

항해를 진심으로 좋아하는 주인공 이슈미얼은 포경선을 타기 위해 항구로 향합니다. 한 숙소에 묵게 되었는데 마침 남은 방이 없어서 '식인종'과 같은 방을 쓰게 되었지요. 심지어 그 식인종은 해골을 팔러 다니는 무시무시한 사람이었습니다. 여기서 식인종은 이교도를 대하는 차별적 인식을 담은 단어입니다. 독실한 기독교 신자인 이슈미얼은 당연히 식인종을 경계하고 무서워했습니다만 곧 친구가 되었지요. 그리고 같은 포경선을 타고 생사고락을 함께합니다. 막상 겪어 보니 무섭지도 잔인하지도 않은 사람이라는 것을 알게 되었거든요. 이때 이슈미얼은 "술에 취한 기독교인과 함께 자느니 멀쩡한 식인종과 같이 자는 게 낫다"라고 말합니다. 참으로 놀라운 말이지요.

《모비 딕》이 출간된 1851년까지만 해도 기독교 국가에서는 비기독교인을 야만인 취급했습니다. 스페인이나 영국 같은 제국주의 국가의 성직자조차도 신대륙 원주민을 자신들과 같은 '사람'으로 봐야 하는지를 두고 심각하게 논의했을 정도니까요. 이런 시대에 술에 취해 앞뒤 못 가리는 기독교인보다는 차라리 식인종과 함께 생활하는 것이 낫다는 멜빌의 통찰은 시대를 한참 앞서간 것이지요.

물론 멜빌이라고 해서 무조건 이교도를 친구처럼 대하라고 주장하는 것은 아닙니다. 주인공 이슈미얼이 처음부터 식인종 선원을 친구로 여긴 것은 아니니까요. 그러나 이슈미얼은 이교도가 모두 악인이라는 선입견을 고집하지는 않았습니다. 식인종 선원과 금방 친해졌고 그가 착하고 존경스러운 인물이라는 것을 눈치 챘지요. 그래서 특정 종교의 신도냐 아니냐를 따져서 사람을 판단하지 않아야 한다는 생각에 이르게 되었습니다.

멜빌의 종교에 대한 관용은 여기서 멈추지 않습니다. 《모비 딕》에는 이런 구절이 나와요.

"나는 같은 종교를 믿지 않는다는 이유로 다른 사람에 대해 왈
가왈부하지 않는다. 그가 다른 사람을 살해하거나 모욕하지 않
는 한 말이다. 그렇지만 한 사람이 광신도가 되어 다른 사람에
게 확실히 고통이 되면, 그래서 우리가 사는 이 세상을 살기 힘
든 고통스러운 곳으로 만들게 된다면, 그 사람을 조용히 구석으
로 데려가 문제점을 따져야 한다고 생각한다."

사람은 모두 종교의 자유가 있으니 누가 어떤 종교를
믿든지 상관할 바가 아니라는 것이죠. 그렇지만 자신이 믿
는 종교를 광적으로 신봉해서 다른 종교를 믿는 사람을 모
욕하고 피해를 준다면 사회가 나서서 제재해야 한다는 생각
을 멜빌은 분명하게 밝히고 있습니다.

신앙의 이름으로 벌인 전쟁들

. . .

따지고 보면 인류 역사에서 발생한 전쟁과 분쟁 중에서 종
교와 상관없는 것은 찾아보기 힘듭니다. 프랑스의 철학자
파스칼은 일찍이 "사람은 종교적인 맹신을 가질 때 가장 철
저하고 자발적으로 악행을 일삼는다"라고 통찰했습니다. 기

독교는 종교재판, 마녀사냥, 십자군 전쟁, 아메리카 원주민 학살을 모두 하느님의 이름으로 자행했지요. 자신이 믿는 종교야말로 유일한 진리이며 유일한 신이라는 믿음이 이토록 무서운 것입니다. 종교는 2023년부터 더욱 격하게 불거진 **이스라엘-팔레스타인 분쟁**의 뿌리 깊은 원인 중 하나이기도 합니다. 유대교를 믿는 유대인과 이슬람교를 주로 믿는 아랍인은 민족과 종교의 차이 때문에 오랫동안 대립해 왔습니다. 특히 20세기 들어서는 팔레스타인 영토를 두고 분쟁해 왔어요. 유대인이 팔레스타인 지역에 이스라엘을 건국하면서 이 땅에서 1,000년 넘게 살고 있던 아랍인과 갈등하게 된 것이지요.

그래서 멜빌은 다른 사람에게 피해를 주지 않는 한 모든 종교는 모두 존중받아야 한다고 주장한 것입니다. 다시 《모비 딕》 이야기로 가볼까요? 이슈미얼은 친구가 된 식인종 출신 작살잡이 퀴퀘그가 자신만의 종교의식을 치르는 장면을 보고 고민합니다. 기독교 신자인 이슈미얼이 보기에는 분명 우상 숭배라고 치부하는 행위이지만, 어떻게 보면 하느님이 기껏 포경선 작살잡이가 숭배하는 나무 조각을 두고 질투하겠느냐고 생각하지요. 이슈미얼은 하느님의 진정한 뜻이란 무엇일까 생각합니다. 그리고 이웃이 우리에게 해주

이스라엘의 종교와 영토 분쟁으로 파괴된 팔레스타인 가자 지구

었으면 하는 것을 내가 이웃에게 해주는 것이 하느님의 뜻이라는 결론을 내립니다.

이슈미얼은 자신이 믿는 기독교 예배 의식에 퀴퀘그가 동참하기를 원하지요. 퀴퀘그는 기독교 신자가 아니지만 친구인 이슈미얼이 참석한 예배 행사에 기꺼이 동행합니다. 마찬가지로 이슈미얼도 퀴퀘그가 행하는 예배 의식에 함께하기로 결심합니다. 퀴퀘그와 함께 그가 믿는 나무 조각 신을 정성껏 모시고 함께 절을 합니다. 이슈미얼의 이런 행동이 기독교인으로서 비난받을 행동일까요? 멜빌은 아니라고 말합니다. 모든 종교는 존중받아야 하며 모든 사람은 자신이 원하는 종교를 가질 자유가 있습니다.

네 이웃을 진정으로 사랑하라

. . .

종교를 구실로 지금까지 행해진 수많은 전쟁과 폭력은 어떻게 멈출 수 있을까요? 그 해답은 《모비 딕》과 2007년 요나 메츠거 수석 랍비가 제안한 종교유엔에서 찾을 수 있습니다. 이슈미얼은 '이웃을 사랑하라'는 하느님의 가르침을 실천했지요. 중요한 점은 이웃의 개념을 '기독교를 믿는 사람'

이스라엘의 영적 지도자인 요나 메츠거 수석 랍비

을 넘어서 비기독교인으로까지 확대했다는 것이에요. 그러니까 모든 종교인에게는 같은 종교를 믿는 신도뿐만 아니라 비신도까지 사랑하고 자선을 베푸는 태도가 필요하다는 것이지요.

아울러 종교를 알리고 전파하는 행위인 **포교**는 상대의 자유와 권리를 침해하지 않는 선에서 해야 할 것입니다. 다른 사람의 종교를 무시하고 내가 믿는 종교를 무조건 포교하려고 든다면 결국엔 분쟁이 생길 수밖에 없습니다. 《모비 딕》의 이슈미얼과 퀴퀘그는 서로 다른 종교를 믿지만 각자의 종교를 존중합니다. 자신의 종교가 더 우월하다는 설득도 하지 않습니다. 그래서 이 둘은 끝까지 우정을 유지하면서 가족 같은 친구로 남게 된 것입니다.

종교유엔은 실제로 탄생한 조직은 아닙니다. 하지만 유엔은 서로 경계하지 않는 종교 문화를 만들기 위해 애쓰고 있습니다. 지난 30여 년 동안 세계 종교 간의 협력과 평화를 촉구하는 11개의 결의문을 채택했지요. 국제기구와 전 세계의 종교 지도자가 평화로운 세상을 만들기 위해 함께 노력하는 자체만으로도 인류는 큰 진보를 하고 있다고 생각합니다.

《모비 딕》에서 포경선 피쿼드호의 선장 에이해브는 고

래 모비 딕에게 한쪽 다리를 잃었기 때문에 꼭 모비 딕을 죽이겠다는 복수심에 불타오릅니다. 그래서 일등항해사의 진심 어린 조언을 무시하고 오로지 모비 딕을 향해 돌진합니다. 자기 생각과 욕심에 사로잡혀서 자신과 다른 생각을 가진 사람을 철저하게 무시한 것입니다. 그 결과 자신뿐만 아니라 선원들까지 모두 목숨을 잃게 되지요. 종교도 마찬가지 아닐까요? 자신이 믿고 있는 종교만이 유일한 신앙이라고 주장하고 믿는다면 우리 모두를 불행한 운명으로 몰아넣기 마련이지요.

유랑단 게시판

1. 이스라엘-팔레스타인 분쟁 외에 세계에 어떤 종교 갈등이 있는지 찾아보세요.

2. 과학이 발전하면서 종교적 세계관에 대한 사람들의 믿음도 변화해 왔습니다. 대표적으로 천동설, 진화론 등이 있지요. 그런데 과학과 종교는 서로 대립하기만 하는 개념일까요?

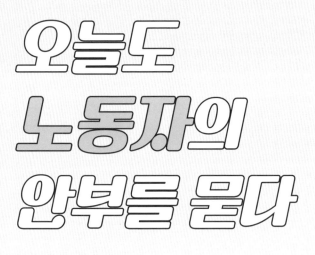

오늘도
노동자의
안부를 묻다

조지 오웰, 《위건 부두로 가는 길》

2021년 멕시코의 한 탄광에서 폭발 사고로 7명이 사망했습니다.
사고가 난 지 3주가 지났는데도 사망한 광부가 키우던 반려견이
애타게 주인을 찾고 있다는 소식이 전해져 많은 사람을 안타깝게
했습니다. 쿠추플레토라는 이름을 가진 이 반려견은 사고가 나기
6개월 전부터 매일 주인과 함께 1킬로미터를 걸어서 탄광으로 갔다고
합니다. 쿠추플레토는 탄광 앞에서 주인을 기다렸다가 함께 집으로
돌아왔고, 귀가가 늦으면 탄광으로 마중을 나가기도 했습니다. 주인이
사고로 세상을 떠났지만, 쿠추플레토는 여전히 탄광 앞에서 주인을
기다리며 음식도 제대로 먹지 않았습니다.

광부를 직접 관찰해 쓴 이야기

· · ·

《동물 농장》과 《1984》로 유명한 조지 오웰의 《위건 부두로 가는 길》을 읽는 독자는 많지 않습니다. 그러나 오웰의 소설을 제대로 이해하기 위해서는 《위건 부두로 가는 길》을 꼭 읽어야 합니다. 《동물 농장》과 《1984》에서 오웰이 지향하는 메시지, 즉 독재자가 나라를 지배하는 **전체주의**에 맞서고 민중의 자유와 행복을 지키자는 사상이 《위건 부두로 가는 길》에 모두 담겨 있거든요.

어느 날 '레프트 북클럽'이라는 단체가 오웰에게 잉글랜드 북부 지역 탄광 지대 노동자의 근로 실태와 실업 문제에 관한 책을 써 달라고 의뢰합니다. 그래서 1937년 오웰은 두 달 동안 탄광 근로자들이 실제로 묵는 하숙집에 머물면서 그들의 일상과 노동 환경을 자세히 조사해 기록했고, 그 기록을 정리해 《위건 부두로 가는 길》을 출간합니다. 그래서 이

책을 **기록 문학**이라고 합니다.

오웰은 "광부가 노동하는 모습을 본다면 다른 세상에 다른 사람이 살고 있다는 사실을 깨닫게 될 것"이라고 말합니다. 탄광이라는 말을 듣기만 했지 실제로 가본 사람은 드무니까요. 대다수 사람은 탄광의 비참한 이야기를 듣고 싶지 않겠지만, 오웰은 지상에서 편안하게 사는 사람들이 광부의 이야기를 꼭 알아야 한다고 역설합니다. 지금이야 그 중요성이 현저히 떨어졌지만, 《위건 부두로 가는 길》이 출간된 1937년경만 하더라도 거의 모든 문명은 석탄으로 움직인다고 해도 과언이 아니었죠.

그래서 오웰은 "광부야말로 가장 중요한 땅을 일구는 농부"라고 말했습니다. 광부는 "검댕이가 묻지 않은 모든 문명을 떠받치는 검은 여신상의 기둥과 같다"라고도 말했지요. 대서양을 건너고 빵을 구우며 평화를 위해 싸울 때도 모두 석탄이 필요했으니까요.

1930년대에는 석탄이 없어서는 안 될 귀한 생필품이라는 것을 누구나 인식했을 것입니다. 그러나 석탄이 몸을 따뜻하게 데우고 음식을 요리할 수 있도록 생산되기까지의 과정에는 관심을 가지지 않았겠지요.

지옥 같은 7시간 30분

- - •

자, 그렇다면 오웰이 직접 목격하고 기록한 영국 탄광 광부의 모습은 어땠을까요? 우선 1930년대는 **대공황** 시대여서 대다수 서민은 무척 고단한 생활을 해야 했습니다. 대공황은 미국에서 시작되어 1929년부터 1939년까지 지속된 세계적인 경제 위기예요. 이런 현실을 설명하기 위해 오웰은 각 지역을 돌아다니면서 신문 구독을 따내는 것으로 생계를 유지하는 신문 외판원을 언급합니다. 오웰의 표현을 빌리자면 "교도소라는 대안이 있는데 어떻게 그런 일을 견디고 있는지 모르겠다"라고 할 정도로 그들은 비참한 생활을 하고 있었습니다. 하루에 20건 이상 구독을 따지 못하면 바로 해고였습니다. 처음 얼마간은 죽어라 힘을 내서 겨우 할당량을 채우지만 금방 지치고, 그 자리는 다른 급박한 사정이 있는 사람으로 채워지는 것이죠. 이런 생활을 하느니 차라리 감옥에 가는 게 낫겠다는 것이 오웰의 생각이었던 겁니다. 그만큼 당시 서민들은 어려운 나날을 보내고 있었습니다.

　오웰이 본 탄광 갱도 내부는 그야말로 지옥이었습니다. 지옥에나 있으리라 상상했던 불볕더위, 소음, 혼돈, 암흑, 더러운 공기가 갱도 안을 가득 채우고 있었지요. 게다가 보통

1930년대 미국의 광부들

사람이라면 갑갑해서 1분도 버티지 못할 만큼 좁은 공간이었습니다. 지옥과 같은 공간에서 광부는 초라한 도시락을 먹는 15분 휴식을 제외하고 꼬박 7시간 30분을 일해야 했습니다. 이 7시간 30분에는 갱도 입구부터 석탄을 채굴하는 막장까지 가는 이동 시간은 포함되어 있지 않습니다. 입구에서 막장까지의 거리는 1킬로미터에서 5킬로미터에 달했습니다. 높이 1미터가 채 되지 않은 낮고 좁은 갱도를 걸어가는 것 또한 매우 힘든 일이죠. 광부들은 허리를 굽히고 최소 1시간에서 3시간을 걸어가야 했던 것입니다.

이런 사정은 오늘날의 탄광도 다르지 않습니다. 우리나라의 대표 탄광 지역인 강원도 태백시에 있는 4개 탄광 위치는 평균 지하 650미터이며 가장 깊은 곳이 1킬로미터입니다. 막장에 도착하기 위해서는 40분에서 1시간이 걸린다고 합니다. 막장에 도착하기 전에 광부는 이미 온몸이 땀으로 뒤범벅되고 장화에는 땀이 차서 질척인다고 합니다. 탄광 내부 온도는 섭씨 38도라고 하니까 보통 사람이라면 가만히 서 있기도 고통스러운 더위이지요. 1930년대 영국 광부는 이 지옥 같은 공간에서 시간당 2톤에 육박하는 석탄을 퍼냈다고 합니다. 거의 초인적인 작업이라고 할 수 있겠네요. 그런데도 그들에게 주어지는 급여는 겨우 먹고살 정도에 불과했습니다.

　더욱 끔찍한 것은 이토록 극심한 노동을 하고 나온 광부가 목욕할 공간조차 미비했다는 것입니다. 당시 영국의 대형 탄광도 목욕탕을 갖춘 경우는 매우 드물었고, 여러 식구가 사는 좁은 집에서 온몸을 다 씻는 것은 거의 불가능했습니다. 폭발 사고도 자주 발생해서 많은 광부가 죽어 나갔습니다. 갱도 천장이 무너져서 발생하는 매몰 사고를 당하면 누군가 구출해 줄 때까지 그냥 바위에 깔려 있어야 했지요. 구출되더라도 갱도 입구까지 나가는 데 또 몇 시간이 걸렸습니다. 광부는 만성적으로 관절염, 폐 질병, 안과 질환에 시달렸지만, 보상은 부족했습니다.

여전히 위험한 노동 환경

· · ·

그렇다면 오늘날 광부의 처우나 근무 환경은 개선되었을까요? 앞서 이야기한 멕시코 탄광에서는 예전부터 사고가 끊이지 않았는데요. 지난 2006년에도 폭발 사고가 나서 광부 65명이 희생되었습니다. 이곳뿐만 아니라 세계의 모든 탄광은 요즘도 심심찮게 매몰·폭발 사고가 나서 많은 광부가 목숨을 잃고 있습니다. 우리나라에서도 2022년 11월 경북 봉화 광산에서 매몰 사고가 발생해 광부들이 9일 만에 구조되었지요. 언론은 기적적으로 살아 돌아온 광부의 이야기에 초점을 맞출 뿐 그들이 왜 그런 안전사고를 자주 겪는지 원인을 밝혀내는 데는 소홀합니다. 생존한 광부는 자본주의 논리를 앞세운 업체가 안전 문제 개선이나 직원 처우 개선을 외면했다고 토로했습니다.

캄캄하고 비좁은 공간에서 작업하며 폭발물까지 사용해야 하는 탄광 노동은 매우 위험한 작업입니다. 그러나 기업은 더 많은 돈을 버는 데에만 신경을 썼지, 광부의 안전에는 소홀했습니다. 《위건 부두로 가는 길》이 발표된 지 30년이 지난 1960년대 우리나라 탄광을 살펴봅시다. 당시 군사 정권은 기계 공업을 발전시키는 **산업화**에 필요한 석탄을 더 많이 생산하기 위해 혈안이 되어 있었고, 광부들의 노동 강도는 갈수록 심해졌습니다. 매년 100명 이상의 사망자와 수천 명의 부상자를 냈습니다. 광부는 수많은 사고와 질병에 시달렸지만, 의료시설은 턱없이 부족했습니다. 1966년 서울대학교 법대 사회법 학회가 삼척 지역 광부 247명을 대상으로 조사했더니, 당시 일가족 생계비가 1만 500원이었는데 평균 임금은 7,500원에 불과했다고 합니다. 광부는 생활비

로도 부족한 금액을 급여로 받고 있었던 것입니다.

오웰이 《위건 부두로 가는 길》을 발표한 이유는 노동자의 열악한 삶을 많은 사람에게 정확하게 알려 약자에 대한 배려와 정책 마련을 촉구하기 위해서였어요. 오로지 이익에만 사로잡혀서 노동자의 **인권**과 **복지**에는 관심을 가지지 않는 거대 자본과 기업에 독자들이 맞서 싸우기를 바랐을 것입니다. 인권은 인간이 반드시 누려야 할 기본적인 자유와 권리고, 복지는 사회적으로 보호를 받아야 할 사람에게 필요한 서비스를 제공하는 것이죠. 오웰은 열악한 환경에서 일하는 광부 노동자가 최소한의 인간다운 삶을 누릴 수 있기를 바라며 글을 썼을 것입니다.

《위건 부두로 가는 길》이 발표된 지 90년이 되도록 탄광을 비롯한 여러 생산 현장에는 여전히 안전장치가 부족합니다. 우리가 삶을 편리하고 윤택하게 만드는 상품을 이용하기만 했지, 그 상품이 만들어지기까지의 과정에 어떤 것이 필요했고 어떤 희생이 있었는지에 대해서는 무관심했기 때문이 아닐까요?

다시 생각해 보는
노동자의 일상

• • •

오웰은 1930년대 당시 2,000만 명에 달했던 빈곤층이 음식을 제대로 먹지 못해 생긴 결핍을 전기로 채우고 있다고 한탄했습니다. 무슨 말인가 하면요. 난방도 제대로 되지 않는 방에서 밤새 추위에 떨다가도 아침이면 도서관에 달려가 외국에서 전송한 뉴스를 읽는다거나 라디오를 즐겨 듣는다는 뜻입니다. 신문을 읽고 라디오를 듣는 것이 뭐가 문제냐고요? 오웰에 따르면 빈곤층이 정작 필요한 기본적인 의식주는 자본가에게 강탈당하면서 생활의 단면만 겨우 채우는 값싼 즐거움에 집중하고 있다는 것이에요. 위험천만한 공장에서 일하며 최저 시급을 받고 겨우 생계를 유지하는 근로자가 치킨과 맥주를 먹고 마시면서 만족감을 느끼고, 복권에 푼돈을 투자해 일주일 동안 희망을 품는 것은 '값싼 고통 완화제'를 복용하는 것이나 다름없다는 것입니다.

　오웰의 생각은 이렇습니다. 가난한 사람이 우울한 현재 삶의 고통을 완화하기 위해 매스컴, 차, 스포츠, 도박 등을 즐기면서 자신의 처우에 문제를 제기하지 않는다면 어떻게 될까요? 정부는 굳이 노동자와 약자를 위한 정책을 마련하느라 머리를 쓸 필요가 없을 것입니다. 우리가 '소소하지만 확실한 행복'이라고 부르는 많은 것은 힘든 현실을 잠시나마 잊고 살아갈 힘을 주기도 합니다. 그러나 조지 오웰의 말처럼 로또, 온라인 게임, 치킨과 맥주, 삼겹살, 유튜브 등을 현실을 외면하는 수단으로만 삼는다면 새로운 시장 확대를 노리는 제조업자의 배만 불리는 격이 되겠지요.

유랑단 게시판

1. 조지 오웰의 작품처럼 노동자의 어려운 현실을 고발한 우리나라 문학으로는 어떤 것들이 있을까요?

2. 석탄 소비가 줄어들면서 폐광이 늘고 있고, 이에 따라 탄광 노동자들은 생계에 어려움을 겪고 있습니다. 국가가 나서서 폐광 노동자들의 재취업을 지원한다면 사회 형평성에 어긋날까요?

아내와
어머니에서
시민으로

낸시 펠로시는 미국 하원의장에 두 번이나 선출되어 유리천장을 깬 대표적인 여성 정치인입니다. 하원의장직을 내려놓는 자리에도 여성 참정권을 상징하는 하얀 재킷을 입고 나와서 다시 한번 여성의 정치 활동을 확대할 것을 호소했습니다. 가정주부였던 펠로시는 1987년에 47세의 나이로 정계에 입문하면서 여성 정치가로서 모범 사례를 보여 주었습니다. 하원의원으로서 미국 민주당을 무려 20년간 이끌었죠.

1930년대 영국 여인의 일상

• • •

《어느 영국 여인의 일기, 1930》은 고전이 어렵고 지루하다는 선입견을 품고 있는 청소년이라면 꼭 읽어 보기를 바랍니다. 1930년대 영국 여성이 자신의 일상을 쉽고 가벼운 일기 형태로 썼기 때문입니다. 키득키득 웃게 되는 재미있는 문장도 종종 나와요. 여성 인권에 관한 잔잔한 주장도 담겨 있습니다. 이 책을 쓴 E. M. 델라필드는 직업군인의 아내로 살면서 진보적 성향의 여성주의 잡지인 〈시간과 조수〉에 꾸준히 자기 생각과 주장을 기고했습니다.

《어느 영국 여인의 일기, 1930》의 화자 또한 가정주부이면서 〈시간과 조수〉를 애독하고 글을 기고합니다. 이런 설정으로 봐서 이 소설은 델라필드 자신의 이야기를 담은 책이라고 볼 수 있습니다. 소설이야말로 한 시대의 가치관, 문화, 정치관을 가장 잘 보여 주는 장르이지요. 우리는 이 소설을 통해서 1930년대 당시 영국 여성의 인권과 생활 모습을 생생하게 관찰할 수 있습니다. 주인공은 한 남자의 아내이자 두 아이의 어머니로서 모든 가정사와 육아를 도맡습니다. 당시 여성에게 가장 고귀한 일은 살림을 하는 것이었고 가장 큰 행복은 한 남자를 만나 사랑받는 것이었습니다. 여성 운동은 그저 남편이 없는 괴팍한 여자가 하는 일로 여겨졌습니다. 그리고 여성의 권리를 개선하려는 '여성회'는 세균이 득실거리는 불온한 단체라고 조롱당했습니다.

이 시대에 남성은 바깥일만 했을 뿐 집안일은 전혀 신경 쓰지 않았지요. 《어느 영국 여인의 일기, 1930》에 나오는 부부의 일상도 그렇습니다. 두 자식이 홍역에 걸려 아내가 동분서주하며 악몽 같은 시간을 보내고 있는데도, 남편은 아내에게 별것 아닌 일로 호들갑이라며 "이 모든 일이 자신을 불편하게 만들려는 수작"이라고 말합니다. 남편은 두 아이가 아파도 평소와 똑같은 일상을 누리며 식사까지 꼬박꼬박 챙겨 먹으면서 말이죠. 그러면서도 아내가 읽는 책까지 간섭하려고 듭니다. 여성은 오로지 의무만, 남성은 오로지 권리만 누리는 시대였지요.

100년 전 여성의 외침

· · ·

《어느 영국 여인의 일기, 1930》의 화자는 소설의 끝에서 자신이 꼭 하고 싶었던 말을 합니다. "왜 직업이 없는 여성은 남편과 자식이 있는데도 자주 한가하다고 묘사되느냐"라고 묻습니다. 이 소설의 화자는 돈을 벌지 않을 뿐 여성으로서 감당하기 어려운 많은 일을 해야 합니다. 부부가 고용하는 하인들의 불평을 혼자서 감당하고, 심지어는 그만둔 하인을 대신할 사람을 구하기 위해 직업소개소를 전전하죠. 가계 부채를 해결하기 위해 은행과 전당포를 들락거리기도 해요.

그리고 남편의 고용주로 보이는 귀족 여성의 온갖 투정과 사려 깊지 못한 언행 때문에 고통받지만, 불평 한마디 늘어놓지 못합니다. 거기다가 자식들의 학업과 건강을 혼자서 책임져야 합니다. 놀라운 것은 이 소설이 발표된 지 100년이 지난 지금도 종종 "집에서 살림만 하면서 뭐가 그렇게 바쁘냐"라며 여성을 타박하는 사람을 볼 수 있다는 것이죠. 따라서 100년 전 한 영국 여성의 외침은 현재를 사는 여성의 외침이기도 합니다.

전쟁의 전리품, 여성 참정권

· · ·

민주주의를 발전시킨 주역이라고 칭송받는 영국이지만 영국 여성은 1928년이 되어서야 겨우 **참정권**을 가지게 됩니다. 참정권이란 정치에 직접 또는 간접적으로 참여할 수 있는 권리예요. 이런 성과를 거둔 것은 〈시간과 조수〉와 같은 진보 언론과 행동하는 여성의 공로가 컸지요. 영국 여성이 참정권을 쟁취한 일은 여성주의 운동에 있어서 획기적인 전환점을 마련했지만 결코 쉽게 얻어진 것은 아닙니다. 1870년부터 영국 의회에는 여성에게도 참정권을 부여하자는 법안이 꾸준히 상정되었지만 번번이 무산되었습니다. 쉽지 않은 일이었죠. 당시 '사람'을 의미하는 단어로 맨man 대신 퍼슨person을 사용하자는 운동도 반대에 부딪혔으니까요. 이 운동에 참여한 여성들은 man이 사람을 뜻하기도 하지만 남성을 의미하기도 하니까 차별적이라고 주장했어요. 그 대신 성별을 의미하지 않는 중립적인 단어 person을 사용하자고 제안했습니다.

  이처럼 영국 여성은 참정권을 획득하기 위해 다양한 경로로 여성의 권리를 확대할 방법을 주장했습니다. 1860년경부터 모든 여성에게 참정권을 부여해야 한다는 여성계의 외

참정권을 요구한 1900년대 영국의 여성 운동가들

침과 운동이 있었고, 결정적으로 **1차 세계대전**이 기폭제가 되었습니다.《어느 영국 여인의 일기, 1930》의 저자 델라필드는 1차 세계대전 기간에 간호봉사대로 활동했습니다. 여성이라고 해서 피난만 다닌 것이 아니라 적극적으로 전쟁에 이바지한 것이죠.

전쟁을 거치면서 여성도 남성 못지않게 사회에 이바지했다는 것이 증명되자 여성에게 참정권을 주어서는 안 된다는 주장이 점차 설득력을 잃기 시작했습니다. 마침내 1928년, 영국의 모든 여성에게 참정권이 주어졌지요. 여성의 참정권은 저절로 얻어진 것이 아닙니다. 목숨을 걸고 전쟁터에 나가 조국의 승리에 기여해서 얻은 일종의 전리품이라고 할 수 있겠네요. 여성 참정권은 여성의 피와 땀으로 일구어 낸 쾌거였습니다.

우리는 여성의 참정권을 당연한 것으로 생각하는 경향이 있습니다. 오랜 투쟁으로 어렵게 여성 참정권을 쟁취한 영국과는 달리, 우리나라는 해방 이후 서양 정치제도를 채택하면서 자연스럽게 남녀 모두에게 참정권을 줬으니까요. 여성 참정권은 우리가 생각하는 이상으로 여권에 큰 영향을 주었습니다. 여성이 참정권을 획득한 것을 계기로 교육받을 권리, 직업 선택의 자유, 결혼 및 재산 분배에 관한 법 개정으로 나아갈 수 있었던 것이니까요. 우리나라가 가부장적인 호주제를 폐지하고, 아들과 딸을 가리지 않고 공평한 상속 권리를 부여한 것도 따지고 보면 여성의 참정권 획득이 일구어 낸 성과라고 볼 수 있습니다.

여성 참정권 운동은 남녀 간의 불평등을 인식하게 하고 현대 여성주의가 탄생하는 중요한 계기가 되었습니다.

진정한 민주주의를 위해

· · ·

미국의 정치인 낸시 펠로시는 20년간이나 하원을 이끌면서 여성 정치인을 가로막는 **유리천장**을 뚫었습니다. 유리천장이란 무엇일까요? 충분한 능력이 있는데도 조직에서 굳어진 부정적인 관행이나 편견으로 승진하지 못하는 상황을 비유하는 말이에요. 그러나 우리나라는 여전히 여성의 정치 참여에서 부족함이 많아요. 제21대 국회에서 여성의 비율은 19퍼센트에 불과합니다. 이 수치는 국제의회연맹 기준 190개 국가 가운데 121위에 해당합니다. 전 세계 여성 의원 평균 수치인 25.6퍼센트에도 모자란 수치이지요. 2022년 우리나라 국가인권위원회는 정치 참여에 있어서 남녀 간 불

미국의 정치인 낸시 펠로시

평등을 해소하기 위해 국회의장과 당 대표에게 특정 성별이 전체 공천의 10분의 6을 초과해서는 안 된다고 권고했습니다. 공직 선거 후보자를 선출할 때도 여성에게 남성과 동등한 권리를 부여하라고 강조했죠. 한마디로 우리나라가 이룩한 경제와 민주주의 성장과 어울리지 않게 여성의 정치 참여도가 낮으니, 이를 개선하기 위한 제도적 장치를 마련하라는 것입니다.

우리나라는 현재 국민이 선출한 대표자가 법과 정책을 결정하는 **대의민주주의**를 채택하고 있습니다. 대의민주주의는 가능한 한 다양한 사회 구성원을 대표할 수 있는 대표자를 선출하는 것이 중요합니다. 그래야 대표자를 선출한 모든 국민이 자신의 권리를 실현할 수 있으니까요. 그렇지 않으면 국민의 뜻이 왜곡되고 특정 계층이나 성별에만 유리한 법안과 정책이 채택될 위험이 있지요.

2020년을 기준으로 우리나라 총 인구는 대략 5,000만 명인데, 남녀 모두 2,500만 명 수준으로 비율이 비슷합니다. 그런데도 우리나라 국민의 반을 차지하는 여성을 대표하는 국회의원이 19퍼센트에 불과하다는 것은 여성이 당연히 누려야 할 권리가 충분히 실현되지 못할 위험이 있다는 것입니다. 물론 남성 국회의원이라고 해서 무조건 남자에게 유리한 정책을 펼친다는 것은 아닙니다. 여성 의원이라고 해서 무조건 여성에게 유리한 법안을 내는 것도 아니고요.

그러나 공직 후보자 선출 과정에서 여성이 남성보다 불리한 여건에 놓여 있다면 어떻게 해야 할까요? 현재 우리나라 국회의원 선거제도는 기본적으로 남성에게 유리하다는 평을 받고 있습니다. 후보자를 결정하는 정당 고위 관계자가 대부분 남성이라는 점도 여성 후보자에게 매우 불리한 여건입니다. 우리나라는 모든 사람이 평등하다는 원칙을 추구하는 민주주의 국가입니다. 그런데도 오랜 유교 관습과 편견으로 여전히 여성에 대한 구조적 성차별이 존재합니다. 이 문제를 가장 효과적으로 해결하는 방법 가운데 하나가 여성의 정치 참여 비율을 높이는 것이겠지요.

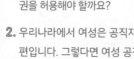

유랑단 게시판

1. 우리나라에서 일을 하고 세금을 납부하는 외국인에게도 참정권을 허용해야 할까요?

2. 우리나라에서 여성은 공직자에 선출되는 데 여전히 불리한 편입니다. 그렇다면 여성 공직 후보자에게 가산점을 부여하는 것에 찬성하나요?

무엇과도 바꿀 수 없는 열대우림

#루이스 세풀베다, 《연애 소설 읽는 노인》

2020년 에콰도르 와오라니족의 지도자 네몬테 넨키모는
골드먼 환경재단이 주는 '올해의 골드먼 환경 분야 노벨상'을
받았습니다. 1989년에 제정된 이 상은 전 세계 풀뿌리 환경
운동가에게 수여하는 상으로 '그린 노벨상'으로 불리기도 해요.
아마존 원주민 여성인 넨키모는 에콰도르 정부에 맞서 아마존 열대우림
지역을 지켜낸 공로를 인정받았습니다. 넨키모를 비롯한 아마존
원주민들은 숲에서 석유와 가스를 채굴하고 나무를 베려는 정부에
격렬하게 저항해 왔습니다.

아마존을 진심으로 사랑한 작가

...

《연애 소설 읽는 노인》은 제목만 보면 아름답고 낭만적인 사랑 이야기로 오해할 수 있습니다. 그러나 이 책은 세계에서 가장 큰 열대우림인 **아마존 열대우림** 지역, 나아가 우리가 사는 지구를 지켜야 한다는 메시지를 담고 있습니다. 그렇다고 마냥 딱딱하거나 지루한 소설은 아니에요. 손에 땀을 쥐게 하는 긴장감과 아마존에 가보고 싶다는 충동이 느껴질 정도로 재미난 소설이기도 해요. 소설의 저자 루이스 세풀베다는 칠레 피노체트 군사 정권에 맞서 민주화 운동을 한 인권 운동가이자, 아마존 열대우림 지역을 지키기 위해 헌신한 사람이에요. 실제로 7개월간 아마존 원주민과 함께 생활하면서 이 소설을 구상했지요. 그런데 무려 10년간이나 아마존에 대한 그 어떠한 글도 발표하지 않았어요.

자신이 쓴 글을 읽고 환상을 품은 사람들이 아마존으로

몰려오지는 않을까 걱정한 것입니다. 그렇다면 아마존은 파괴될 수밖에 없으니까요. 그러다가 1989년 멕시코의 환경운동가 치코 멘데스가 브라질 소작농과 아마존 원주민의 인권 보호를 위해 노력하다가 살해당하는 사건이 일어납니다. 이 사건을 계기로 전 세계의 이목이 아마존에 집중되었을 때 세풀베다는 《연애 소설 읽는 노인》을 발표합니다. 아마존을 지켜야 한다는 인식을 공유할 기회라고 생각한 것입니다. 그래서 이 작품을 '치코 멘데스에게 헌정한 소설'이라고도 합니다.

자연을 돈벌이 수단으로 삼은 사람들

• • •

《연애 소설 읽는 노인》은 에콰도르 정부가 '약속의 땅'이라고 선전하며 사람들을 이주시킨 신개척지 엘 이딜리오가 무대입니다. 엘 이딜리오는 원주민들이 평화롭게 살고 있던 아마존 숲이었습니다. 그런데 에콰도르 정부의 지원을 받은 이주민, 개발을 옹호하는 폭군 같은 읍장, 동물 가죽을 팔아서 돈을 벌려는 밀렵꾼과 백인 들이 점차 찾아듭니다.

이곳에는 안토니오 호세 볼리바르라는 노인이 살고 있

습니다. 그는 원주민은 아니지만 원주민과 오래 살면서 밀림에서 살아남고 동물을 사랑하는 방법을 배운 지혜로운 노인이지요. 자신이 사랑하고 지키고 싶은 아마존이 돈에 눈이 먼 백인들 때문에 점차 황폐해지는 모습을 지켜보며 괴로워합니다. 그리고 먼저 세상을 떠난 원주민 아내를 그리워하며 아름다운 사랑 이야기가 담긴 연애 소설을 닳도록 읽으면서 시간을 보냅니다.

그러나 그의 행복한 시간은 한 백인의 시체가 발견됨으로써 위협받습니다. 가죽을 가질 욕심에 살쾡이 새끼를 마구 학살한 백인이 어미 살쾡이에게 보복을 당한 것이지요. 새끼와 수컷을 잃은 어미 살쾡이는 인간을 향한 분노가 폭발해 사람을 해치기 시작합니다. 읍장은 어미 살쾡이를 제거하려고 나서고, 연애 소설 읽는 노인은 어미 살쾡이와 운명을 걸고 일전을 벌여야 하는 신세가 돼버린 것입니다.

이 소설을 통해서 저자는 우리에게 묻습니다. 노인의 평화로운 삶을 방해하는 것은 과연 누구일까요? 평화롭게 살아가는 아마존 원주민을 누가 더 깊은 밀림으로 내몰았을까요? 그들은 바로 자연을 오로지 돈벌이 수단으로만 삼는 거대 자본가와 에콰도르 정부인 것이죠.

자신의 욕심 때문에 아무런 죄 없는 살쾡이 새끼를 학

살하는 밀렵꾼은 거대 자본을 상징하며, 복수심에 불타 인간을 공격하는 살쾡이는 자연을 상징합니다. 저자는 이 소설을 통해서 인간이 자연을 마구 훼손하면 언젠가는 인간에게 재앙이 닥친다고 경고합니다.

개발이냐, 보존이냐

· · · ·

자연에 순응하며 살아가는 아마존 원주민에게 왜 개발이라는 불행이 닥쳤을까요? 유럽이 아메리카 대륙을 식민지로 만들기 시작한 15세기 말부터 아메리카 대륙은 **천연자원**의 공급지로 전락했습니다. 석탄, 철 같은 광물이나 깨끗한 물, 나무 등이 모두 자연에서 얻을 수 있는 천연자원입니다. 이때부터 아마존의 비극은 시작되었지요. 아마존 지역에는 가장 많은 종류의 동식물이 살고 있었고 수천 년 동안 외부 세계와 교류 없이 독자적으로 살아가던 원주민이 있었습니다. 풍부한 자원이 있는 지역이라는 사실이 가장 극심한 개발에 시달리게 된 이유였습니다.

남아메리카 대륙 국가들은 경제 성장을 하기 위해 아마존을 개발해서 자원을 수출해 왔습니다. 이 소설의 배경이 되는 에콰도르 또한 다른 남아메리카 대륙 국가처럼 카카오, 커피, 바나나와 같은 농산물과 천연자원을 수출해서 발전을 추구해 온 나라입니다. 1970년대부터는 농산물 수출국에서 석유 수출국이 되고자 아마존 석유 개발을 시작했습니다. 과거 경제 성장 시기에 우리나라가 그랬던 것처럼 에콰도르도 경제 성장이라는 목표 아래 환경 훼손을 일삼았습니다. 에콰도르는 석유수출국기구OPEC 회원이기도 합니다. 석유를 수출하려면 도로, 송유관 같은 석유 생산 시설이 필요하겠지요. 이런 시설이 아마존에 들어서면서 아마존은 큰 손상을 입고 생태계도 변화를 겪기 시작했습니다. 삶의 터전을 지키려는 원주민과 경제적 성장을 추진하는 정부와의 갈등 또한 시작되지요.

사실 원유를 채굴하는 것에는 대가가 따릅니다. 원유를 수송하는 과정에서 유독 물질이 배출될 수밖에 없지요. 자연이 오염될 뿐만 아니라 오염 물질에 노출된 원주민들의 건강에도 해롭습니다. 아마존 원주민은 밀림에 있는 물을 마시고 목욕을 하며 낚시로 생계를 유지하니까 수질오염이 심해지면 생존 자체가 위험해집니다. 에콰도르가 지나치게 천연자원에 의존하는 경제 성장을 고집하면 원유 가격의 변동에 따라 국가 재정이 취약해질 수 있고, 무엇보다 아마존

생태가 파괴되어 부정적인 영향을 받을 수밖에 없습니다.

에콰도르 정부에 저항하는 원주민들

• • •

석유 개발이 본격화되면서 아마존은 점차 황폐해지고, 오염이 확대됨에 따라 원주민들은 생존에 위협을 받고 있습니다. 당장 오염 때문에 농사짓기도 어렵고 풍족했던 물고기들이 점차 줄어들면서 식량 확보에도 어려움을 겪으니까요.

에콰도르에 위치한 아마존 지역에는 원유와 가스를 비롯한 엄청난 **지하자원**이 매장되어 있습니다. 에콰도르 정부는 개발에 열을 올리고 있고, 심지어는 국립공원에서도 석유와 가스를 채굴하도록 허락했습니다. 그러나 원주민의 저항에 못 이겨 2007년 야수니 국립공원을 '손댈 수 없는 지역'으로 정하고 석유와 가스 채굴, 벌목을 금지했습니다. 그나마 다행스러운 일이지요. 야수니 국립공원에 거주하는 원주민 역시 자신들의 터전을 지킬 수 있었으니까요.

《연애 소설 읽는 노인》을 통해서 아마존을 지키려고 했던 세풀베다의 노력은 헛되지 않았습니다. 이 소설이 발표된 1989년 이후 에콰도르는 남아메리카 대륙에서 개발에

에콰도르의 야수니 국립공원

반대하는 원주민 운동이 가장 활발한 국가가 되었습니다. 에콰도르 정부가 석유채굴권을 거대 자본에 팔아넘기려는 시도를 저지한 넨키모와 같은 인물이 우연히 탄생한 것이 아니었지요. 넨키모는 아마존에서 삶의 터전과 문화를 지켜 온 선조의 이야기를 듣고 자랐습니다. 그래서 그는 정부와 대기업에 맞서 "우리의 숲은 판매 대상이 아니다"라는 슬로건을 내걸고 전 세계인을 대상으로 서명 운동을 펼쳤어요. 원주민의 동의 없이 채굴권을 판매하려는 에콰도르 정부를 상대로 소송도 제기했지요. 결국 에콰도르 법원은 넨키모의 손을 들어 줄 수밖에 없었습니다.

어쨌든 아마존의 개발과 보존을 두고 벌이는 분쟁은 남아메리카 대륙에서 가장 중요한 정치·사회적 문제인 것이 분명합니다. 나아가 인류 전체의 문제이기도 하지요. 아메리카 대륙에서 일어나는 일이라고 해서 우리와 무관한 것이 아닙니다. 아마존은 지구 산소의 20퍼센트를 생산해 지구의 '마지막 허파'라고 할 수 있을 정도로 인류의 생존과 큰 관련이 있으니까요.

에콰도르는 여전히 환경 보존 문제를 두고 치열한 분쟁이 끊이지 않는 나라입니다. 미국과 같은 나라에서 밀림을 개발해서 석유를 시추하는 것은 큰 사회적 분쟁거리가 되지 않을 가능성이 높습니다. 밀림에 사는 미국인은 극히 드무니까요. 그러나 에콰도르 숲에는 많은 원주민이 살아가고 있습니다. 아마존 밀림을 파괴하는 것은 곧 사람의 생명을 파괴하는 것이나 다름없습니다. 그래서 에콰도르 원주민들이 개발에 열을 올리는 정부에 극렬하게 저항하는 것입니다.

그렇다고 국가 재정수입의 30퍼센트를 원유 수출로 얻는 에콰도르가 석유를 포기하기도 어렵습니다. 앞으로 환경에 최대한 훼손을 주지 않으면서 석유를 추출할 방법을 마련해야겠지요. 무엇보다 원주민들의 생존권을 보장해야 한다는 모두의 인식이 꼭 필요합니다.

유랑단 게시판

1. 우리 일상에 꼭 필요한 원유는 비싼 값에 채굴됩니다. 원유 소비를 줄이기 위해서 가격을 더 올리자는 주장에 찬성하나요?

2. 아마존 열대우림 지역의 60퍼센트는 브라질에 속해 있습니다. 국제사회가 브라질에 아마존 열대우림 지역 보존에 힘쓰라고 압력을 행사하는 것은 부당한 간섭일까요?

빈부 격차, 좁힐 수 있을까

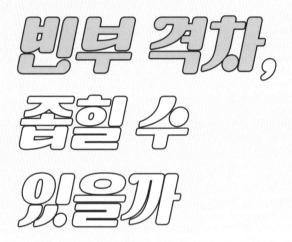

반지하는 말 그대로 반은 지상 위에, 반은 지하에 위치한 주거
공간을 뜻해요. 영화 <기생충>에서 주인공 가족이 사는 공간이기도
하지요. 많은 사람이 반지하는 한국에만 있는 독특한 주거 형태라고
생각하지만, 미국에도 반지하 주택이 있습니다.
2021년 9월, 허리케인이 몰고 온 폭우로 뉴욕 시민 13명이
사망했습니다. 그중 11명이 반지하에 사는 사람들이었습니다.
반지하는 절반이 땅 아래에 있다 보니 물에 잠기기 쉽거든요. 사실
뉴욕주에서는 반지하 주택이 불법입니다. 뉴욕은 이 참사에 어떻게
대처했을까요?

20세기 부자를 풍자한 이야기

. . .

1895년 허버트 조지 웰스가 출간한 《타임머신》은 최초의 **SF 소설**이라는 칭송을 받는 작품이에요. 이 작품을 읽지 않고는 SF 소설을 쓰거나 논하지 말라는 말이 있을 정도죠. 저자가 미래 사회를 직접 관찰하고 기록한 책이라고 해도 믿길 정도로 현재 우리가 사는 세계에 대한 묘사가 정확해요. 요즘 일상생활 속에서 자주 사용하는 '타임머신'이라는 단어를 처음으로 쓴 작품이기도 하지요. 기계를 이용해서 시간을 초월한 여행을 하는 '시간 여행자'라는 개념이 처음 등장한 소설이기도 합니다.

《타임머신》은 시간 여행자가 자신이 제작한 타임머신 모형을 소개하는 것으로 시작하는데, 일주일 뒤 모임에서 시간 여행자는 몰골이 엉망진창인 상태로 사람들 앞에 나타납니다. 잠시 후 정신을 차린 시간 여행자는 모임 참석자들에게 자신이 서기 80만 2,701년을 다녀왔다고 토로합니다.

시간 여행자가 서기 80만 2,701년 세계에서 처음 만난 사람들은 '엘로이'라는 종족입니다. 그들은 키가 120센티미터 정도에 불과한 소인들로, 10명이 달려들어도 마치 볼링 핀처럼 내던질 수 있을 정도로 연약한 사람들이었습니다. 우리는 먼 미래가 되면 기술의 발달로 인간이 현재와는 비교도 안 될 만큼 진보할 것이라고 예측하고는 하지요. 그러나 시간 여행자가 만난 엘로이는 어린아이처럼 순진하고 지적 수준은 다섯 살 정도에 불과했습니다. 그들이 사는 미래 세계는 소, 양, 개, 물고기가 모두 멸종해서 엘로이는 과일만 먹으며 살고 있었습니다. 엘로이의 마을에는 궁전 같은 건물만 있었지, 현재 우리가 사는 작은 주택은 전혀 찾아볼 수 없었습니다. 남성과 여성, 어른과 어린이는 차별성 없이 비슷하게 생겼고 모두 안전하고 편안하게 살고 있었지요.

엘로이는 훌륭한 집에서 근사한 옷을 입고 살면서도 힘든 노동은 하지 않습니다. 돈을 버는 행위 자체를 아예 하지 않는 것이죠. 엘로이에게는 폭력, 욕망, 호전성, 질투, 모성애 따위의 감정도 없습니다. 더없이 쾌적하고 안전한 사회에서는 위에 열거한 감정이나 활동이 도움은커녕 걸림돌이 될 뿐이죠. 시간 여행자는 미래 사회가 지성이나 과학의 발달이 필요 없는 곳이라고 한탄합니다.

이 정도가 되면 여러분도 눈치 챘을 겁니다.《타임머신》의 저자 웰스는 엘로이를 통해서 그가 살고 있던 시대의 부유한 자본가를 비꼬는 것입니다. 웰스가 살았던 20세기 초중반 영국 사회는 자본주의가 발달하기 시작한 시기로, 자본가와 노동자가 존재했을 뿐 중간계층은 미미했습니다. 자본가와 노동자의 **빈부 격차**는 갈수록 심해지고 있었지요. 그리고 자본가들은 엘로이처럼 하는 일 없이 편안하게 살고 있었습니다.

지상 세계와 지하 세계

· · ·

자! 지금까지 부유한 자본가 이야기를 했으니 가난한 노동자 이야기를 해야겠지요.《타임머신》이 출간된 시절 영국 부자들은 훌륭한 교육을 받아 점점 세련되고 우아해졌지만, 교육을 받지 못한 노동자는 점점 거칠고 난폭해졌지요. 부자들은 가난한 사람들과 최대한 멀어지려고 했습니다. 런던에서 가장 풍경이 좋은 지역을 차지하고 가난한 사람이 접근하지 못하도록 높은 울타리를 쳤습니다. 이런 모습은 현재 우리나라에서도 쉽게 볼 수 있습니다. 부유한 동네일수록 접근하기 어렵게 담장이 높고 출입이 까다롭죠.

《타임머신》에는 모든 것이 풍족하고 안전한 밝은 세상에 사는 엘로이와 달리 잘 보이지 않는 지하에 사는 '몰록'이라는 종족이 등장합니다. 물론 몰록도 엘로이처럼 인류의 후손입니다. 그러나 일을 하지 않고 놀기만 하는 엘로이와 다르게 몰록은 어둠 속에 살면서 엘로이에게 필요한 옷과 음식을 생산합니다. 몰록에게는 식량이 부족합니다. 엘로이가 지나치게 평안한 상태가 계속되는 상황에서 '연약한 아름다움'을 추구한다면, 몰록은 그저 기계를 다루고 노동만 하는 것이죠. 어둠 속에서만 살다 보니 시각이 퇴화하고 지상에서는 살 수 없는 존재가 되었습니다.

결론적으로 웰스는 자신이 사는 영국 사회의 모습을 보고 미래 사회에 인간은 두 부류로 나뉠 것이라고 묘사한 것입니다. 삶에서 아무런 생산적인 의미를 찾지 못하고 그저 놀고먹기만 하는 자본가엘로이와 어두운 지하 세상에서 괴물과 같은 모습으로 일만 하는 노동자몰록 말입니다.

양극화로 치닫는 세상

· · ·

웰스는 지상과 지하라는 **주거 지역**에 비유해 가진 자와 가지지 못한 자 간의 극명한 간극을 보여 주었습니다. 영화 〈기생충〉도 주거 지역으로 빈부 격차를 보여 줍니다. 영화 속에서 피자 상자 접기로 어렵게 생계를 유지하면서 반지하에 사는 기택네 가족과 아름다운 정원이 딸린 저택에 사는 박 사장 가족을 보세요. 《타임머신》에 나오는 엘로이와 몰록이 우리나라에 나타난 것처럼 보이죠? 박 사장 가족은 아무런 고민 없이 안락한 생활을 누리지만, 기택네는 몰록처럼 생계를 유지하기 위해서 고군분투합니다. 박 사장은 운전사로 일하는 기택에게서 지하철 냄새가 난다며, 냄새만으로 자신과 다른 계층의 사람이라고 규정합니다. 그리고 기택이 '선'을 자신에게로 넘어 오는 것을 경계합니다. 《타임머신》의 저자 웰스가 살았던 시대에 영국 부자들이 거대한 울타리를 만들어서 가난한 사람들이 감히 접근하지 못하도록 막았던 것처럼 말이죠.

가진 자가 사는 지상의 세계와 가지지 못한 자가 사는 지하의 세계는 자연재해 앞에서도 불평등을 초래합니다. 〈기생충〉에서는 폭우가 쏟아지는 장면이 나옵니다. 기택네가 사는 반지하 방은 폭우 때문에 폐허가 되지만 박 사장네 가족은 폭우가 그치자 평화롭게 아들의 생일잔치를 준비하지요. 주거 방식이나 지역만큼 부자와 빈자를 극명하게 나누는 요소도 드뭅니다. 가난한 자는 자연재해와 범죄에 더 취약하고 이동하기 불편한 곳에 삽니다. 옛말에 '가난은 나라님도 구할 수 없다'라고 했으니 우리도 이런 현실을 나 몰라라 하고 살아야 할까요?

2022년 8월 서울 관악구 신림동 반지하에 사는 일가족 3명이 폭우로 목숨을 잃는 참사가 일어났습니다. 그러자 서울시에서 대책이라고 내놓은 것이 반지하를 없애겠다는 것입니다. 2022년 기준으로 서울에는 무려 20만 가구가 반지하에 살고 있다고 합니다. 반지하를 없애면 20만 가구는 어디로 가야 할까요? 서울시는 후속 대책으로 공공임대주택 입주 지원 등의 정책을 추진하겠다고 발표했지만, 그런 정책이 얼마나 효과가 있을지는 의문입니다. 폭우 피해는 반지하 주택에서만 발생하는 것이 아니죠. 지하상가도 있고 저지대 주거 지역도 있습니다. 이런 곳을 모두 없앨수 있을까요?

모두가 안전한 주거 환경을 위해

· · ·

앞서 2021년 허리케인이 몰고 온 대홍수로 뉴욕의 반지하에 살던 주민들이 안타깝게 사망했다고 했지요. 이 참사를 계기로 뉴욕주 상원의원 브라이언 카바노프는 반지하 주택의 합법화를 추진하는 법안을 발의했습니다. 반지하를 아예 없애겠다고 발표한 서울시와 정반대의 길을 걷겠다는 것이지요. 카바노프 의원은 반지하 주민들이 그 자리를 떠날 수 없다는 현실을 인정한 것입니다.

우리는 뉴욕시가 반지하를 합법화하고 안전시설을 보강하려는 시도에서 실마리를 찾을 수 있습니다. 실현 가능성이 없는 정책을 내세우고, 가난한 사람이 어쩔 수 없이 선택하는 위험한 주거 공간을 폐쇄하기보다는 물길을 돌리고 배수로와 안전하게 대피할 수 있는 통로를 마련하는 것이 더 현실적이지 않을까요? 물론 근본적으로 반지하 주거 형태는 사라져야 마땅합니다. 사람은 누구나 온종일 햇빛을 보고 살 권리가 있으니까요. 그렇다고 당장 대안이 없는 사람들의 처지를 무시하고 무조건 방을 빼라는 것은 국민의 최소한의 삶을 보장하는 **복지국가**가 할 일이 아닙니다.

웰스가 예언한 것처럼 사람이 사는 세상에 부자와 극빈

자만 존재하면 인류는 결국《타임머신》에서 볼 수 있는 것처럼 멸망의 길로 접어들 수밖에 없습니다. 이 비극을 막기 위해서는 복지로 부자와 빈자의 간격을 메워야 하겠지요. 주거 환경에 있어서 격차를 줄이는 것이 복지의 첫걸음입니다.

유랑단 게시판

1. 만약 여러분들이 과거의 어느 한 시점으로 되돌아갈 수 있다면 그 시기는 언제이며 이유는 무엇인가요?

2. 여름철 침수 피해에 대비해 반지하를 모두 없애겠다는 서울시의 계획은 현실성이 없는 정책이라는 비판을 받았습니다. 반지하에 사는 주민을 위한 현실적인 복지 정책으로 무엇이 필요할까요?

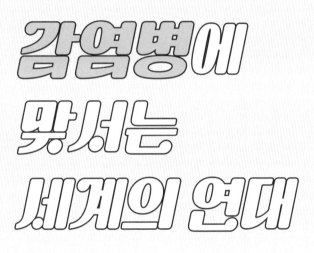

감염병에 맞서는 세계의 연대

코로나 19 바이러스 팬데믹으로 전 세계인이 고통받던 지난 2021년,
전 세계 정부는 백신을 확보하기 위해 이리저리 뛰어다니며 애를
썼습니다.

2021년 2월을 기준으로 84억 회분의 백신 공급계약이 체결되었다고
해요. 당시 지구 인구는 78억 명이고, 백신은 2회 접종을 해야 하니까
전 세계 사람의 54퍼센트가 백신을 맞을 수 있는 수량이겠네요.

그러나 백신 공급에도 부유한 나라와 가난한 나라의 격차는 컸습니다.
당시 유엔이 발표한 통계자료에 따르면 전 세계 백신 공급량의
75퍼센트를 10개 선진국이 가져가고, 무려 130개 나라가 백신을 단
하나도 확보하지 못했습니다.

단 한 줄도 꾸며 내지 않은 이야기

· · ·

우리에게 《로빈슨 크루소》로 잘 알려진 영국 소설가 다니엘 디포가 《페스트, 1665년 런던을 휩쓸다》라는 소설을 남긴 사실을 아는 사람은 드뭅니다. 1772년에 발표한 이 작품의 부제목은 '1665년 역병 대유행 시절 런던에서 발생한 가장 중요한 사적이고 공적인 사건에 관한 관찰과 기억'이었습니다. 그리고 지은이는 '런던에서 모든 것을 경험한 한 시민'이라고 되어 있었어요.

그러나 나중에 이 책의 진짜 저자가 다니엘 디포라고 밝혀졌습니다. 1665년 당시 디포는 고작 다섯 살이었으며 소설에서 묘사하고 있는 **흑사병**이 대유행했던 시절의 런던 이야기는 디포의 삼촌이 기록한 것으로 추측하고 있어요. 흑사병은 과거 유럽을 휩쓴 무시무시한 감염병입니다. 14세기에는 유럽 인구의 30퍼센트 이상이 흑사병으로 사망했다고 해요. 이 흑사병의 독일어 명칭이 디포가 쓴 책의 제목에도 있는 페스트pest입니다. 이 소설은 삼촌이 남긴 기록을 토대로 디포가 소설의 형식으로 쓴 것입니다. 그래서 소설의 단 한 줄도 '꾸며낸 이야기'가 아니라는 평가가 틀리지 않았다는 말이 되겠지요.

1665년에서 1666년까지 대략 18개월간 유행했던 런던 대역병Great Visitaion은 첫 글자를 대문자로 표시할 만큼 무서운 재앙이었습니다. 18개월 동안 약 10만 명이 희생되었는데, 이는 당시 런던 인구의 25퍼센트입니다. 임진왜란 시기 조선의 문신이었던 류성룡은 전쟁의 비극을 후대 사람들이 겪지 않게 하기 위해《징비록》이라는 책을 썼습니다. 이 책에 임진왜란 당시의 상황을 자세히 기록했지요. 그와 마찬가지로 디포는 미래 사람들이 감염병에 더욱 잘 대처하길 바라는 마음으로《페스트, 1665년 런던을 휩쓸다》를 썼습니다.

21세기와 꼭 닮은 17세기 영국

· · ·

《페스트, 1665년 런던을 휩쓸다》에서 묘사한 런던의 모습과 런던시의 대처는 350년이 지난 지금과 거의 비슷합니다.

환자 격리 조치, 대규모 행사 금지, 역학 조사, 잠복기 대비, 사회적 거리 두기 등 **코로나 19 바이러스 팬데믹**에 대처하는 21세기의 대책을 당시 런던시가 시행하고 있었다는 것이 놀라울 따름이죠. 격리 조치를 따르지 않고 몰래 집을 빠져나간 사람들이 더 많은 감염을 퍼트리고, 환자를 위한 격리 병원이 부족하다는 비판이 나오는 것도 오늘날과 너무나도 닮았습니다. 게다가 더욱 소름 끼치는 것은 '미래의 사람'들이 감염병에 어떻게 대처할지 예언했다는 것입니다. 그는 미래에 역병이 유행하면 환자를 더 작은 집단으로 조기에 멀찍이 격리함으로써 더 많은 사람에게 번지지 않도록 조치할 것이라고 소설 속에서 예측했습니다. 한 번 감염병에 걸렸던 사람은 일종의 면역력을 갖추게 된다는 의학적인 소견도 오늘날 현대의학의 조치와 크게 다르지 않습니다.

그러나 정작 우리를 감동하게 하는 구절은 따로 있습니다.

"역병은 대체로 가난한 사람들 사이에서 전파되고 있다. 그런데도 역병을 무서워하는 대신 무모할 정도의 용기로 역병에 대처하는 임무를 수행한 사람들 또한 가난한 사람들이었다는 것을 알아야 한다. 환자를 돌보거나, 폐쇄된 주택을 감시하거나, 환자를 격리 병원으로 옮기는 일은 주로 가난한 사람들이 했다. 그

누가 봐도 위대한 인류애가 느껴지는 장면이지요. 우리도 코로나 시대에 이웃을 위해 봉사하는 숨은 영웅을 어렵게 않게 볼 수 있었습니다. 물론 감염병 대유행과 같은 재난은 일차적으로 정부나 관계 기관이 주도해야 하지만, 시민의 자발적인 방역 참여와 이웃에 대한 배려와 봉사 또한 위기를 극복하는 중요한 요소입니다.

개인 이기주의에서 국가 이기주의로

• • •

그러나 디포가 놀랍도록 정확한 통찰을 보인 것만은 아닙니다. 구시대에 살았던 그도 어쩔 수 없이 감염병을 과학적으로 분석하지 않고 '하느님이 내린 형벌'이라고 판단했거든요. 《페스트, 1665년 런던을 휩쓸다》에는 시민들이 물건을 사재기하는 바람에 식량이 자주 부족했다는 내용이 있습니다. 위기 상황이 되면 자기만 살겠다고 탐욕을 부리는 사람은 예나 지금이나 있기 마련인가 봅니다. 지금도 지진을 비롯한 자연재해나 전쟁에 대한 공포가 생기면 대형마트에 생필품이 동나는 경우가 종종 있지요. 그런데 이러한 개인 이기주의는 가족이나 집단으로, 국가 단위로 확대되기도 합니다.

코로나 팬데믹 시대에 부유한 나라들이 자기들만 백신을 많이 가지겠다고 욕심을 부리는 것은 **국가 이기주의**라고 볼 수 있습니다. 부유한 나라는 온 국민이 접종하고도 남을 만큼 백신을 확보하지만, 가난한 나라는 백신을 구경조차 못하는 경우가 많았습니다. 이 사태를 안타깝게 지켜본 당시 세계보건기구WHO 사무총장은 "마을 전체에 불이 났는데 자기 집만 지키겠다고 소화기를 모두 차지하는 것은 말도 안 된다. 한정된 백신은 전 세계 사람들이 공정하고 효율적으로 나눠 사용해야 한다"라고 말하며 선진국의 백신 이기주의를 비판했습니다. 부유한 나라들만 백신을 가지고, 가난한 나라 사람들은 제대로 된 치료를 받지 못하고 죽는 현실을 여러분은 어떻게 생각하나요? 이런 상황에서 부유한 나라 사람들은 언제나 행복하게 살 수 있을까요? 그렇지 않습니다. 우리가 사는 세상은 모든 사람과 나라가 연결되어 있습니다. 주식 투자를 하는 어른들은 자신이 한 번도 가보지 않은 나라에서 일어난 사건 때문에 소중한 재산을 잃는 경우도 많고요.

지금 우크라이나와 러시아가 전쟁을 하고 있잖아요. 전

코로나 19 바이러스 백신 접종을 장려하는 미국 매사추세츠주의 포스터

쟁이 처음 시작되었을 때는 우리나라의 많은 사람이 남의 나랏일로 여기고 별다른 신경을 쓰지 않았을 것입니다. 그러나 얼마 지나지 않아서 우리도 전쟁으로 인한 고통을 겪고 있습니다. 물론 전쟁터에 나가서 전사하는 경우는 없지만요. 두 나라의 전쟁 때문에 기름값이 폭등하고 원자재가 부족해서 나라 곳곳이 삐걱거리고 있습니다. 서방 국가들은 러시아의 침공을 받은 우크라이나를 지원해 오고 있습니다. 그런 도움에는 물론 나름의 다양한 이유가 있겠지만, 분명한 사실은 현대 사회의 모든 나라가 서로 영향을 주고받는 관계라는 것입니다. 다른 나라의 일이라고 해서 팔짱 끼고 구경만 할 수는 없습니다. 개인뿐만 아니라 집단도 나라도 혼자서만 잘 살 수 있는 세상이 아니라는 말이지요.

연대가 만드는 기적

· · ·

요즘 프랑스의 소설가 알베르 카뮈가 쓴 《페스트》가 다시 주목받고 있지요? 1947년에 발표된 이 소설은 여러 가지 설정이 현재 우리가 겪고 있는 코로나 시대의 상황과 놀랍도록 일치해서 새삼 독자들의 감탄을 사고 있습니다. 소설은

1940년대 알제리 오랑시에서 갑자기 흑사병이 발생하는 것으로 시작됩니다. 초기 대응에 실패하고 대중에게는 상황을 축소해서 알리려는 소설 속 정부의 태도는 지금과 비슷합니다. 대재앙을 이용해서 돈을 벌려는 사람도 있고, 생필품을 사재기하는 사람도 있습니다. 이 장면 또한 오늘날 상황과 일치합니다. 그러나 어찌 되었든 10개월간의 사투 끝에 흑사병에서 벗어날 수 있었던 것은 시민들의 연대 덕분이었습니다.

의사 리외는 아내가 병석에 있음에도 최선을 다해서 환자를 돌봤습니다. 임시직 하급 공무원인 그랑 또한 아내를 잃고 박봉에 시달리지만, 환자 카드를 분류하며 사망자 집계를 합니다. 오랑 시민이 아닌 랑베르는 기자로서 취재하러 오랑에 왔다가 흑사병 퇴치에 앞장섭니다. 물론 처음에는 흑사병을 다른 사람의 일로 여기고 오랑시를 탈출하려고 했지만, 곧 자기 잘못을 반성하고 헌신적으로 봉사활동을 펼치지요. 사랑하는 아들을 흑사병으로 잃은 판사 오탕도 아들을 잃은 슬픔을 뒤로 하고 흑사병 퇴치를 위해 노력합니다.

따지고 보면 오랑시의 흑사병을 퇴치한 것은 정부나 고위 관료가 아니고, 다른 사람의 고통을 자신의 고통으로 여긴 평범한 시민들의 연대와 협력이었습니다. 자기만 좋은 것을 독차지하려는 태도보다는 다른 사람과 나누고 배려하려는 태도가 위기를 극복하는 중요한 열쇠가 된다고 생각합니다.

세상을 바꾸는 작은 실천

. . .

어미 거북이는 해변에서 알을 낳습니다. 알에서 나온 새끼 거북이들은 목숨을 걸고 해변을 가로질러 바다로 나아가야 합니다. 해변에는 느리게 바다로 향하는 새끼 거북이를 노리는 포식자가 많습니다. 그렇다고 어미 거북이가 새끼 거북이를 도와서 바다로 데리고 갈 수도 없는 노릇입니다. 한 마리의 어미 거북이는 무려 100~200개의 알을 낳거든요. 수많은 어미 거북에게서 태어난 수천 마리의 새끼 거북이는 바다로 가기 위해 목숨을 건 질주를 합니다. 이때 만약 누군가 고작 한 마리의 새끼 거북이를 바다로 던져 주었다면 무의미한 일일까요? 그럴지도 모릅니다. 그러나 바다에 닿은 거북이에게는 더할 나위 없는 도움이 되겠지요. 덕분에 자신을 노리는 갈매기와 코요테 같은 포식자에게서 벗어날 수 있었으니까요.

전 세계에는 10억 명 이상이 기아 상태에 빠져 있다고 합니다. 그중에서 우리가 한 명을 돕는다면 과연 무의미한 일일까요? 그렇지 않습니다. 우리의 도움을 받는 한 사람에게는 자신이 처한 위기와 곤경을 극복할 수 있는 커다란 힘이 될 테니까요. 감염병과 같은 대재앙은 모든 사람에게 공평하게 다가오지 않습니다. 부자들은 마음껏 식량을 비축할 수 있고 좀 더 안전한 곳으로 피신할 수 있으니까요. 피신할 곳이 없고 물건을 사재기할 돈도 없는 평범한 사람들은 재난 상황에서 더 큰 피해를 봅니다.

우리가 사는 세상은 모두가 연결되어 있습니다. 우리 이웃이 고통을 받으면 결국 사회의 고통이 됩니다. 그래서 연대가 필요한 것이고 타인에 대한 배려와 봉사가 꼭 필요합니다. 세상을 바꾸는 힘은 결국 개인들의 작은 실천에서 시작되니까요.

유랑단 게시판

1. 우리나라가 코로나 19 바이러스 팬데믹을 극복한 가장 큰 비결은 무엇이라고 생각하나요?

2. 감염병이 창궐한다면 국가 차원에서 엄격한 관리를 하는 것이 더 효과적일까요, 아니면 개인이 각자 자발적으로 대처하는 것이 더 효과적일까요?

아동 노동자의 땀이 섞인 초콜릿

#타라 설리번,《나는 초콜릿의 달콤함을 모릅니다》

2001년 9월 19일 체결된 하킨-엥겔 협약은 아프리카의 카카오
농장에서 일하는 아동을 보호하기 위해 만들어졌습니다. 농장에
아이들을 감금하고 노예처럼 부리거나, 건강을 해칠 정도로
아이들에게 일을 시키는 행위를 막기 위한 협약이지요. 이 협약에는
초콜릿을 생산하는 8개의 대기업과 미국 의회, 아프리카 코트디부아르
대사, 관련 비영리단체가 함께 서명했습니다.

하킨-엥겔 협약이 체결된 지 20년이 넘은 지금, 아이들의 노동 환경은
얼마나 개선되었을까요?

초콜릿에 숨겨진 비밀

· · ·

초콜릿은 적어도 우리나라에서는 더 이상 귀하지 않은 음식입니다. 해마다 '밸런타인데이'가 되면 소중한 사람과 친구에게 초콜릿을 선물하지요. 우리는 언제라도 쉽게 초콜릿을 먹고 있지만 초콜릿의 원료인 카카오를 생산하기 위해 강제로 끌려와 매를 맞으며 일하는 아동이 있다는 사실은 잘 알지 못합니다.

인도에서 태어난 작가 타라 설리번의 《나는 초콜릿의 달콤함을 모릅니다》는 우리가 쉽게 접하는 간식인 초콜릿을 생산하기 위해 희생되는 아동에 관한 슬프지만, 반드시 알아야 할 사실을 담고 있습니다. 이 소설의 주인공 아마두는 아프리카 말리에서 태어난 소년이에요. 학교도 다니지 못하고 글도 배우지 못하며 먹을 것도 풍족하지 않은 환경에서 살아가지요. 그러다가 고향을 떠나 돈을 벌기 위해 무작정 집을 나가는데, 버스 기사에게 속아서 여덟 살 동생 세이두와 함께 카카오 농장이 있는 코트디부아르에 팔려 갑니다.

형제는 카카오 농장에서 묽은 수프 한 그릇만 먹고 온종일 카카오나무를 오르락내리락하면서 강제 노동을 합니다. 하루 할당량을 채우지 못하거나 도망치다가 잡히면 무지막지한 폭행이 기다리고 있습니다. 지옥 같은 2년을 보내면서 형제는 차츰 희망을 잃어 가고, 심지어 동생 세이두는 일을 하다가 다쳐서 한쪽 팔이 잘리는 장애를 입습니다. 더이상 잃을 것이 없어진 형제는 하디자라는 영리한 소녀와 함께 탈출을 시도하고 마침내 지옥 같은 농장에서 벗어날 수 있었습니다. 하디자의 어머니는 진작부터 카카오 농장의 실체를 알고 있었어요. 카카오 생산에 관한 추악한 비밀을 폭로하는 기사를 준비하다가 초콜릿 회사의 협박을 받게 되었고 딸인 하디자가 납치당한 것이죠.

아마두 형제는 2년 동안 초콜릿 원료인 카카오를 수확하는 강제 노동에 시달렸지만, 농장에서 탈출하고 나서야 초콜릿을 처음 먹을 수 있었습니다. 카카오가 초콜릿의 원료로 쓰인다는 사실도 몰랐죠. 초콜릿의 달콤쌉쌀한 맛에 반했지만 자신들이 고통스럽게 수확한 카카오가 기껏 도시 아이들의 간식으로 이용된다는 사실을 알고 계속 초콜릿을 먹을 수는 없었습니다. 더 이상 초콜릿이 달콤하게 느껴지지 않았던 것이죠.

이후 노동에 대한 정당한 대가를 지급하는 농장이 있다는 사실을 알고 그곳으로 갑니다. 그리고 정당한 급여를 받고 돈을 모아 고향으로 돌아갈 꿈을 꾸게 됩니다. 하디자의 어머니는 결국 초콜릿 생산에 숨겨진 추악한 비밀을 폭로하는 기사를 발표합니다.

사라지지 않는 착취

《나는 초콜릿의 달콤함을 모릅니다》는 소설이라는 장르를 통해서 초콜릿 생산에 관한 비극적 현실을 들추고 해결책을 제시합니다. 이 소설은 2015년에 발표되었고 소설 속 주인공은 가상 인물이지만 내용은 실제 상황을 서술했습니다. 21세기에 이런 일이 있으리라고는 상상하기 어렵지요. 카카오 농장이 아동의 노동력을 착취하지 못하도록 규정한 하킨-엥겔 협약은 2001년에야 마련되었습니다. 이 협약에는 세계 최대 카카오 재배 지역이자 소설의 무대가 되기도 하는 코트디부아르의 대사도 서명했어요.

그러나 협약이 체결된 지 20년이 지난 2020년에 네슬레, 허쉬 등 우리가 즐겨 먹는 초콜릿을 생산하는 세계적 기업들이 아프리카 카카오 농장에서 자행되는 아동 노동 착취를 모른 척했다는 혐의로 미국 연방 법원에 고발당했습니다. 하킨-엥겔 협약이 체결된 이후에도 아동을 납치하고 강제로 노동시키는 관행은 여전했고, 초콜릿 회사들은 이 사실을 잘 알고 있었으면서도 오로지 돈을 더 벌겠다는 욕심으로 그런 현실을 묵인했던 것입니다.

초콜릿 회사를 상대로 소송을 제기한 8명의 고발인은 모두 아마두와 세이두처럼 어린 나이에 인신매매를 당해 카카오 농장에 끌려가 강제 노동에 시달린 사람들입니다. 전 세계 코코아 수출의 대부분을 차지하는 코트디부아르에서는 여전히 심각한 아동 노동 착취가 발생하고 있지만, 정확한 통계조차 내기 어려운 상황입니다.

노동에 정당한 대가를 지급하자

• • • •

우리는 현재 **자유경제** 체제 속에서 살고 있습니다. 경쟁력이 있는 상품은 국경을 넘어 수출하고 필요한 상품은 수입

아프리카 코코아 농장에서 일하는 아이들

합니다. 예를 들면 우리가 잘 만드는 반도체는 수출하고 우리나라에서 거의 생산되지 않는 카카오나 원유는 수입합니다. 얼핏 보면 공정하고 효율적인 체제처럼 보이지만 자유무역 뒤에는 미처 생각하지 못하는 문제점이 많습니다. 우리가 다루고 있는 초콜릿 생산과 판매가 대표적인 사례이지요. 기업은 더 저렴하게 생산해서 더 비싸게 팔기 위해 노력합니다. 그러다 보면 카카오 농장처럼 비윤리적이고 불법적인 행태가 나타납니다.

특정 계층이나 사람들이 부당한 대우를 받고 노동한다면 결국 우리가 추구하는 평등하고 평화로운 세상이 될 수 없겠지요. 부자는 더 큰 부자가 되고 가난한 사람은 갈수록 가난해질 수밖에 없습니다. 한마디로 불공정한 무역이 이루어지고 있다는 것입니다. 따라서 경제 발전이 느린 **개발도상국** 노동자에게 정당한 대가를 지불하고 그들의 권리를 보장해야 진정한 발전을 기대할 수 있습니다.

윤리적인 공정 무역

· · ·

공정 무역은 무엇일까요? 공정 무역은 생산자의 노동에 합당한 대가를 지급하면서 소비자에게는 좀 더 품질이 좋은 상품을 공급하는 윤리적인 무역입니다. 공정 무역은 왜 필요할까요? 우리가 매일 소비하는 커피, 초콜릿, 설탕은 대부분 가난한 나라에서 수입한 것입니다. 이런 제품들은 우리나라뿐만 아니라 전 세계에서 많이 소비하고 있으니 그걸 생산하는 농부가 부자일 것이라 생각할 수 있습니다. 하지만 현실은 그렇지 않아요. 어른들이 매일 커피를 마시니까 커피를 생산하는 농부는 큰돈을 벌 것 같지만 그렇지 않습니다. 커피, 카카오, 설탕 등을 생산하는 대부분의 농부들은 자기 땅이 아닌 대기업 소유의 농장에서 노동할 뿐입니다. 우리가 아무리 초콜릿과 커피를 먹고 마셔도 농부들은 아마두 형제처럼 뼈 빠지게 일만 하고 얻는 것은 그다지 없지요. 그 혜택은 고스란히 대기업과 유통업체 차지입니다. 그래서 카카오가 대표적인 공정 무역의 대상입니다.

《나는 초콜릿의 달콤함을 모릅니다》가 발표된 2015년만 해도 아프리카에는 무려 25만 명의 아동이 카카오 농장에서 노예처럼 일하고 있었습니다. 이 소설이 묘사한 카카오 농장의 실태는 전혀 과장이나 꾸며낸 이야기가 아닙니다. 아이들이 카카오 농장에서 배우지도, 제대로 먹지도 못하면서 온종일 힘겹게 딴 카카오 열매로 우리가 먹는 초콜릿을 생산합니다. 그래서 초콜릿을 '어린이의 눈물'이라고 부르기도 한답니다.

아마두 형제가 노예 농장에서 탈출해 새로 일하기 시작한 곳은 급여도 정당하게 지급하고 학교를 보내 주기도 했습니다. 그러니 우리는 아동에게 강제로 일을 시키지 않고, 위험한 작업을 시키지 않으며, 정당한 급여를 지급하는 농장에서 생산되는 '착한' 초콜릿에 관심을 높여야겠지요. 조금 더 비싸게 사더라도 노동자에게 정당한 대우를 해주는 회사 제품을 사용하자는 것입니다. 그것이 공정 무역을 실천하는 길이기도 하고요.

우리 주변에 흔히 보이는 축구공도 대표적인 공정 무역 대상입니다. 보기엔 단순한 물건처럼 보이지만 사실 축구공은 32개의 인조 가죽 조각을 1,620번 바느질해야 하는 수공업 제품입니다. 그래서 대기업은 인건비를 절약하기 위해 파키스탄 같은 가난한 나라의 어린이들을 동원합니다. 축구공 하나를 완성하기 위해서는 아동들이 꼬박 2~3일 동안 바늘과 실로 가죽을 꿰어야 합니다. 축구공이 10만 원 정도 한다면 노동에 혹사당하는 아동에게 돌아가는 돈은 1,200원 정도에 불과하다고 합니다.

아동 노동자를 어떻게 구할까

· · ·

공정 무역을 실천하는 것은 좋은 해결책이지만 근본적인 대책은 아닙니다. 어떤 제품이 공정 무역 제품인지 알기도 어렵고 판매처도 잘 모릅니다. 그래서 우리는 《나는 초콜릿의 달콤함을 모릅니다》의 저자 설리번의 제안을 귀담아들을 필요가 있습니다. 아무리 대기업이라고 해도 소비자 없이는 존재할 수 없습니다. 뉴스보다 SNS를 통한 입소문이 빠를 때도 있는 오늘날은 더욱 그러합니다. 초콜릿 산업에 희생되는 불쌍한 아동을 돕고 싶다면, 우리는 초콜릿 회사에 이메일이나 편지를 보내 아동 노동자에게 정당한 권리를 보장하라고 요구할 수 있습니다. 우리는 누구나 초콜릿 소비자이니까요.

그도 아니면 밸런타인데이나 빼빼로데이에 초콜릿을 선물하는 것 대신에 초콜릿 산업의 문제점을 토론하는 것도 좋은 방법입니다. 우리가 좋아하는 음식을 별다른 고민 없이 먹기보다는 한 번쯤 이 제품이 어떻게 생산되는지에 관한 토론을 하는 것은 의미가 깊은 일이니까요.

유랑단 게시판

1. 아프리카에서 재배하는 커피와 카카오의 가격을 올린다면 제품을 사고파는 나라들 사이에 어떤 갈등이 생길까요? 이 갈등을 해결하기 위해서 어떤 대책을 세워야 할까요?

2. 공정 무역으로 판매되는 축구공은 우리나라에서도 살 수 있습니다. 수익 일부를 어린이 노동자를 위해서 쓴다면 어떤 용도로 사용하는 것이 좋을까요?

사랑으로 지킨 초록 지붕의 입양아

미국의 한 초등학생이 어느 날 학교에서 돌아와 부모님께 이렇게
물었습니다. "나는 왜 엄마 아빠랑 다르게 생겼어요?" 엄마 아빠는
백인인데 자신은 흑인과 백인 사이에 태어난 혼혈이었기 때문에
피부색이 달랐던 것이죠. 아들의 질문에 부모님은 입양했다는 사실을
알려 주었습니다. 부모님의 대답에 아들은 아무렇지 않게 말했습니다.
"알겠어요. 저는 괜찮아요. 엄마 아빠는 제가 아는 유일한 엄마
아빠니까요. 그럼, 이제 밖에 나가서 놀아도 돼요?" 이 초등학생은
자라서 메이저 리그를 대표하는 야구 선수가 되었습니다. 그의 이름은
에런 저지이며 아메리칸 리그 역대 단일 시즌 최다 홈런을 기록한
선수이기도 합니다.

실제 경험을 토대로 쓴 소설

· · ·

캐나다 여성작가 루시 모드 몽고메리의 소설 《그린게이블스의 앤》은 우리나라에서 《빨간 머리 앤》이라는 제목으로 출간되어 큰 인기를 얻었습니다. TV에서 만화로 방영된 적도 있었기 때문에 빨간 머리 앤을 모르고 어린 시절을 보내기는 어려울 정도로 우리에게 친숙합니다. 이 작품을 동화로만 알고 있는 사람이 많지만 사실 번역본이 열 권에 달하는 대작입니다. 다양한 고전뿐만 아니라 기독교를 비롯해 그 당시 캐나다 문화에 대한 배경지식이 필요한 매우 진지한 소설입니다. 그래서 우리나라 완역본에는 해석에 필요한 주석이 가득하지요. 어쨌든 이 소설은 일찍 부모를 여의고 보육원에서 자란 주인공 앤이 나이가 들도록 함께 사는 매슈와 마릴라라는 남매에게 입양되어 성장하는 과정을 다룹니다.

소설의 저자 몽고메리 또한 주인공 앤처럼 겨우 두 살 때 어머니가 돌아가시고 아버지는 어린 딸을 두고 다른 지역으로 떠나 버립니다. 이후에는 마치 고아처럼 외갓집에서 자라게 되지요. 별다른 친구도 없이 외롭게 자라지만 몽고메리는 빨간 머리 앤처럼 책을 좋아하고 일기를 쓰면서 자기만의 인생을 펼쳐 갑니다. 외조부모는 엄격했지만, 몽고메리의 고등학교 학비까지 책임지며 교육합니다. 몽고메리는 1874년에 태어났는데 그때만 해도 캐나다에는 여성에게 투표권이 없었다는 사실을 생각하면, 외조부모는 최선을 다해서 몽고메리를 양육했다는 것을 알 수 있습니다.

몽고메리는 《빨간 머리 앤》에서 그런 외조부모를 매슈 남매로, 자신을 빨간 머리 앤으로 고스란히 담아냈습니다. 특히 소설 초반에서 매슈 남매가 자신을 다시 보육원으로 보낼지도 모른다는 생각에 전전긍긍하는 앤의 모습을 생생하게 묘사했습니다. 기차역에서 자신을 데리고 갈 양부모를 기다릴 때 긴장하면서도 기대에 찬 앤의 표정이라든가, 보육원에서 벗어날 희망에 부풀어 꿈인지 생시인지 확인하느라 오른팔을 하도 여러 번 꼬집어서 온통 멍이 들었다는 묘사는 본인이 직접 경험하지 않고서는 상상하기 어려운 묘사가 아닐까요?

빨간 머리 앤이 입양되기까지

• • •

이 소설을 통해서 당시 캐나다 사람들은 또 하나의 가족을 얻는다는 생각보다 모자라는 일손을 채우기 위해 보육원에서 아이를 입양했다는 사실을 알 수 있습니다. 매슈 남매도 농장 일을 도울 수 있는 열한 살에서 열두 살 정도의 사내아이를 입양하려고 했는데, 착오가 생겨서 엉뚱하게 여자아이인 앤이 왔거든요. 실망한 매슈 남매가 앤을 다시 보육원으로 보내려고 하자 한 이웃이 집안일을 시킬 목적으로 앤을 대신 입양하려고 합니다. 다행스럽게도 매슈 남매는 표독스러운 이웃에게 앤을 보내기를 망설였고, 앤이 착하고 심성이 바른 아이라는 것을 알아채고 다시 데려가서 정성스럽게 키웁니다. 그리고 저자 몽고메리의 외조부모처럼 앤을 교육해 훌륭한 어른으로 성장시킵니다. 물론 앤도 매슈 남매를 친부모로 여기고 정성을 다해 모시고 살지요. 앤은 매슈 남매와 함께 지내면서 살아 있는 것 자체가 큰 기쁨이라는 사실을 깨닫고, 태어나지 못해 삶을 누릴 수 없는 생명을 동정할 정도로 행복을 느낍니다.

《빨간 머리 앤》의 배경인 초록 지붕 집

오늘날에도 줄지 않는 해외 입양

. . .

입양은 가족의 붕괴나 미혼모의 출산 등으로 보살핌을 받을 수 없는 아이에게 다른 가정에서 보호받으며 성장하고 발달할 수 있도록 돕는 것입니다. 법적 절차에 따라 친부모와는 부모·자식 사이의 권리와 의무가 없어지고, 혈통이 아닌 양부모와 자식에게 모든 권리와 의무를 주는 것을 말합니다. 우리나라에는 오래전부터 '양자'라는 입양제도가 있었지만, 아들이 없는 집에서 제사나 재산을 물려주기 위한 수단이었으며 오늘날의 입양과는 조금 달랐습니다. 우리나라에서 현대적 의미의 입양은 한국전쟁 때문에 생긴 전쟁고아를 해외로 보내면서 본격적으로 시작되었습니다. 보건복지부 통계에 따르면 1955년부터 2021년까지 해외로 입양된 사람은 무려 17만 명에 이릅니다.

슬프게도 우리나라는 세계에서 해외 입양을 매우 많이 보내는 국가 중의 하나입니다. 1950년대에는 먹고살기 힘든 시절이어서 수많은 **전쟁고아**를 적절하게 보살필 수 있는 처지가 아니었지만, 지금 대한민국은 부유한 나라입니다. 그런데도 해외로 많은 입양아를 보내는 것은 부끄러운 일이 아닐 수 없습니다. 매스컴에서는 해외로 입양되어 잘 살고

미국의 야구 선수 에런 저지

있는 사람들을 자주 소개하지만, 우리나라에서 태어나 인종과 민족이 다른 양부모 아래서 성장하기는 쉬운 일이 아닐 것입니다. 앞에서 다룬 에런 저지의 이야기를 통해서 우리는 입양제도의 빛과 그늘을 발견할 수 있습니다.

저지는 어린 나이에 자신과 부모의 피부색이 다르다는 것을 의식하고 고민했습니다. 그나마 저지는 부모처럼 서양인 외모를 가지고 있었지만, 그의 형은 한국에서 태어나 입양된 아이였어요. 형은 본인의 정체성에 관한 고민을 더 많이 하지 않았을까요? 한국에서 해외로 입양된 많은 사람이 청소년이나 어른이 되어서 다시 한국을 찾는다고 합니다. 단순히 자신의 뿌리가 궁금할 수도 있지만 아예 한국에서 일하며 정착하는 경우도 많다고 합니다. 저지의 형도 미국에서 대학을 다녔지만, 한국에서 영어 강사로 일한다고 하지요.

새로운 가정에서 겪는 혼란

· · ·

저지는 1992년 태어난 다음 날 독실한 기독교 신자인 저지 부부에게 입양되었습니다. 그는 최근 인터뷰에서 무엇이 옳고 그른지 구분하는 법과 사람을 바르게 대하는 방법을 모두 어머니에게 배웠다는 사실과 함께 지금의 자신을 만든 것 역시 어머니라고 말했습니다. 그는 개인 돈을 들여서 유소년을 위한 재단을 설립했습니다.

저지는 초등학교 때 양부모에게 자신의 피부색이 다른 이유를 물었지만, 전문가에 따르면 입양아는 이미 3세에서 5세 사이가 되면 자신과 양부모의 피부색이 다르며 다른 개체임을 알아차린다고 합니다. 태어난 지 얼마 지나지 않아서 친부모와 분리됨으로써 정신적 상처를 입고, 새로운 부모와 친근감을 형성해야 했던 입양아에게는 그 시기에 또 다른 숙제가 기다리고 있습니다. 바로 양부모에게 자신이 입양되었다는 사실을 듣는 일입니다. 대체로 양부모가 입양을 행복한 사연으로 말하기 때문에 이 시기 입양아들은 자신의 처지를 긍정적으로만 보는 경향이 있다고 합니다.

그러나 성장하면서 자신이 버림받았다는 상실감과 함께 '나는 누구인가' 하는 의문을 해결하려고 노력합니다. 입양 가족에게서 소속감을 확신하지 못하는 경우도 많습니다. 혹시라도 또 다시 가족을 잃지는 않을까 하는 공포를 느끼고 심지어는 버림받지 않기 위해서 노력하게 되지요. 양부모에게 잘 보이려고 필사적으로 공부를 하고 유난히 착한 아이가 되려고 전전긍긍하기도 합니다.

그와 동시에 자신이 타고난 혈통, 친부모가 입양을 보낼 수밖에 없었던 사연, 그리고 양부모가 자신을 왜 입양했는지 알고 싶어 하지요. 이런 경향은 자신이 입양 가족의 확실한 일원이 아닐 수도 있다는 불안감에 시달리거나 입양된 나라에 제대로 적응하지 못한 경우에 더 많이 나타납니다.

나의 뿌리를 찾아서

• • •

많은 다큐멘터리와 기사를 통해서 성인이 된 해외 입양인들이 한국의 친부모를 찾는 사연을 자주 접할 수 있습니다. 해외 입양인들은 입양된 나라 사람들과 외모가 달라서 알게 모르게 사회적 차별을 받기 쉽습니다. 부모와 외모가 달라서 이를 캐묻는 질문도 자주 받겠지요. 이런 경험들로 인해 해외 입양인들은 자신의 뿌리와 친부모를 찾고 싶은 욕구가 자연스럽게 생깁니다. 친부모를 만나 생물학적 정체성을 찾으면서 스스로 가졌던 편견을 줄이기도 하고 사회활동을 좀 더 편안하게 하는 데 도움을 얻는다고 합니다.

입양인들은 이미 친부모와의 이별에서 '버려졌다'고 느

끼기 때문에 양부모와의 애정 관계 형성에서 어려움을 겪기도 합니다. 자신은 사랑받을 수 없다고 생각하고 양부모의 사랑을 거부하는 사례도 있습니다. 그러나 친부모를 만나서 자신이 사랑받는 존재였고 지금도 사랑받고 있다는 사실을 확인하면, 스스로 열등감을 이겨 내고 원활하게 사회생활을 할 수 있게 됩니다.

여러분은 혹시 입양인에게 선입견을 갖고 있지는 않은 가요? 입양을 선택한 부모에게 힘든 선택을 했다고 말한다거나 양부모가 아무리 정성을 다해서 키워도 언젠가는 친부모를 찾아간다고 생각하는 편견 말입니다. 입양아를 그저 불행하고 불쌍한 사람으로 여기는 것도 올바른 태도라고 할 수 없습니다. 입양아는 버려진 아이가 아니고 지켜진 아이니까요.

유랑단 게시판

1. 만약 친한 친구가 자신이 입양아라고 고백한다면 어떤 말을 해주고 싶나요?

2. 한부모 가정이 입양을 하는 것에 찬성하나요, 반대하나요? 그 이유도 생각해 보세요.

내게 맞는 진로가 고민된다면

서머싯 몸, 《인간의 굴레에서》

덴마크는 학생이 좀 더 나은 진로 선택을 할 수 있도록 우리나라의 중학생에 해당하는 7학년에서 9학년 사이에 의무적으로 직업 체험을 하도록 합니다. 그리고 교사의 과중한 업무 부담을 줄이기 위해 2004년부터는 진로상담 업무를 지역 청소년 진로 센터에서 맡고 있습니다. 덴마크 전국에 있는 51개 청소년 진로 센터는 각 지역에 있는 기업과 학교를 연결해서 직업 체험과 진로상담을 진행합니다. 특히 우리나라의 중학교 3학년에 해당하는 9학년 때는 직업 상담가가 학교를 찾아 학생과 함께 직업 선택 계획을 짭니다.

강압적인 교육에
울음을 터트린 아이

· · ·

《인간의 굴레에서》는 서머싯 몸의 자전적인 **성장 소설**입니다. 성장 소설이란 말 그대로 어른이 되어 가는 주인공의 성장에 초점을 맞춘 소설입니다. 주인공 필립은 다리를 저는 장애를 가지고 태어났으며 어린 나이에 부모를 모두 잃게 되지요. 고아가 된 필립은 엄격한 큰아버지와 자상하고 친절한 큰어머니 슬하에서 자랍니다. 대부분의 성장 소설이 그러하듯이 《인간의 굴레에서》 역시 굵직한 기승전결 없이 주인공 필립의 학창 시절, 회계사 수습생, 파리 미술 유학, 의사 수습생을 거치면서 자신에게 씌워진 굴레를 하나씩 벗겨 나가며 성장하는 모습을 그립니다. 필립은 희생만 하는 사랑의 굴레에서 벗어났고, 물질적인 성공만을 노리는 굴레에서도 벗어났습니다. 무엇보다 필립이 벗어난 가장 중요한 굴레는 주입식 교육과 큰아버지의 강압적인 훈계와 **진로 결정**입니다.

필립의 큰아버지는 엄격하고 근엄한 목사로서 자신의 가치관을 필립에게 강요합니다. 큰아버지는 필립이 버릇없이 자랐으니, 자신이 잘 가르쳐서 괜찮은 사람으로 만들겠다는 생각에 사로잡혀 있었습니다. 그는 어느 일요일 필립에게 기도문을 암기하게 합니다. 원래 필립은 총명한 아이였지만, 기도문을 아무리 여러 번 읽어도 도무지 무슨 말인지 이해할 수 없었습니다. 코흘리개 아이가 어려운 기도문을 이해하지 못하는 것은 어쩌면 당연한 일이지요. 필립이 아무리 외우려고 해도 두 줄 이상 머리에 들어가지 않았고 생각이 자꾸 흐트러졌습니다. 기도문을 암기해야겠다는 동기 부여도 없고 뜻도 모르면서 앵무새처럼 읽어 봐야 아무 소용이 없었습니다. 급기야 간식 시간 전까지 모두 암기해야 한다는 중압감 때문에 울음을 터트립니다.

스스로 찾은 독서의 즐거움

· · ·

눈물을 흘리는 필립을 우연히 목격한 자상한 큰어머니는 필립이 스스로 마음을 가다듬을 시간을 주기 위해 잠시 기다렸다가 기침 소리를 냅니다. 아무리 아이라도 울고 있는 모습을 들키면 수치심을 느낄 수 있으니까요. 큰어머니는 필립이 기도문을 다 외우지 못했다고 고백하자, 필립을 꾸중하는 대신 아름다운 그림이 그려진 동화책을 보여 주었습니다. 책 속 그림에 반한 필립은 그림 내용을 이해하기 위해 책에 실린 글을 읽기 시작했습니다. 급기야 끼니도 잊고 책을 읽는 즐거움에 푹 빠졌죠. 이후 필립의 취미인 독서 생활이 시작되었습니다.

《인간의 굴레에서》는 주인공 필립이 나이를 먹고 직업을 바꾸는 과정을 그린 성장 소설이라고 생각하기 쉽지만, 사실은 독서 생활 성장기라고 봐도 될 만큼 필립이 읽은 많은 고전이 등장합니다. 어쩌면 《인간의 굴레에서》라는 소설 한 권에 우리가 살면서 읽어야 할 서양 고전이 모두 등장한다고 해도 과언이 아닙니다. 필립의 이런 방대한 독서 생활은 큰아버지의 강요가 아닌 큰어머니의 격려로 가능해진 것입니다. 부모나 교사는 아이가 스스로 글을 읽게끔 이끌어야지 숙제처럼 독서를 강요하는 것은 효과가 없다는 것이지요.

강요된 꽃길, 선택한 가시밭길

• • •

큰아버지는 필립에게 자신이 원하는 직업을 강요합니다. 그는 필립이 성직자가 되길 원했습니다. 필립은 성적이 우수했으므로 옥스퍼드에 진학해서 성직자가 될 수 있었습니다. 다리가 불편하니 육체적 노동을 피해야 할 처지이고 큰아버지의 교회를 물려받을 수 있으니, 상식적으로 생각하면 성직자야말로 필립에게 안성맞춤이었죠. 그러나 필립은 자기 뜻대로 인생을 살고 싶어 성직자의 길을 포기하고 유학을 떠납니다. 유학을 마친 그는 큰아버지가 권하는 대로 회계사 수습생이 되었습니다. 처음 해보는 일이라 재미있었지만, 회계사 일이 자기 적성과는 맞지 않는다는 사실을 금방 깨달았지요. 지긋지긋한 회계사 생활을 하니 차라리 거리의 청소부가 되겠다는 말을 남기고 필립은 회계사 수습생 일도 그만두었습니다.

이후 어린 시절부터 자신이 좋아했던 그림 공부를 하러 프랑스 파리로 떠납니다. 회계사는 지금이나 그때나 전망이 좋은 직업이고 돈을 많이 벌 수 있지만, 필립은 자신이 좋아하는 일을 하고 싶어서 배고픈 예술가의 길을 걷기로 한 것입니다. 그러나 불행하게도 필립은 파리에서 미술 공부를 하다가 화가가 되기엔 자신의 재능이 부족하다는 사실을 깨닫습니다. 결국 미술 공부를 그만둘 수밖에 없었지요. 그런 필립에게 큰아버지는 애초에 그림 공부를 반대하지 않았느냐고 꾸짖습니다.

필립은 큰아버지가 하는 말에 이렇게 반박합니다.

"다른 사람의 조언만 믿고 올바른 일을 해서 얻는 것보다 차라리 스스로 노력하다가 실패하며 얻는 것이 더 많습니다."

그러니까 필립은 많은 사람이 좋다고 해서 하는 일을 해서 성공하는 것보다 자신이 원하고 적성에 맞는 일을 하다가 실패를 하는 것이 더 나은 인생이라고 생각했던 것이죠. 대부분 사람은 의사나 판검사처럼 돈을 많이 벌거나 명예가 높고 권력을 가질 수 있는 직업을 선호합니다. 그런데 과연 부모님이나 선생님이 그런 길을 가라고 해서 따른다면 후회가 없을까요?

설사 다른 사람의 조언에 따라 사회적으로 성공할지라도, 마음 한구석에서는 자신이 원했지만 가보지 못한 길을 못내 아쉬워하면서 살 수밖에 없습니다. 그리고 모두가 돈과 명예가 따르는 직업을 가질 수는 없으니 그 길을 선택한

태반은 실패하게 되겠지요. 애당초 자신이 원하던 길을 걸어 보지도 못하고 실패한다면 그보다 불행한 삶이 또 있을까요? 결국 다른 사람의 강요나 조언으로 진로를 선택한다면 반드시 후회나 아쉬움을 가지고 평생을 살 수밖에 없습니다. 누가 뭐래도 자신이 좋아하는 일을 한다면 혹여 실패를 한다고 해도 후회는 하지 않겠지요. 그리고 그 실패는 끝이 아니라 다른 진로를 개척하고 다시 일어서는 데 밑거름이 됩니다. 필립도 화가가 되지는 못했지만 결국 다시 일어나 사랑하는 사람을 만나고 훌륭한 의사가 됩니다.

능동적인 진로 선택을 위해

• • •

아들러 심리학에서는 부모나 교사가 학생에게 공부하라고 강제하는 것은 적절하지 않다고 지적합니다. 공부와 진로 선택은 학생 스스로 결정할 일이지, 부모나 교사가 지나치게 간섭할 일이 아니라는 것이죠. 아무리 부모나 교사일지라도 아이보다 더 높은 곳에서 강요하고 지도하기보다는 낮은 곳에서 응원하고 도와주는 것이 낫다는 뜻으로 해석할 수도 있습니다. 남들이 모두 가고 싶어 하는 높은 곳, 즉 돈을 많이 벌고 지위가 높은 직업이 나쁘다는 뜻은 아닙니다. 그러나 남들이 가지 않으려고 하는 낮은 곳을 선택하는 것이 오히려 더 행복한 삶을 살 수 있는 계기가 될 수도 있습니다.

《인간의 굴레에서》가 우리에게 전하는 말도 아들러 심리학의 관점과 비슷합니다. 조카에게 강압적으로 자신이 원하는 길을 강요한 큰아버지보다 뒤에서 조용히 스스로 진로를 개척하도록 사랑을 베풀고 도와 준 큰어머니야말로 아이를 좀 더 좋은 방향으로 이끄는 사람이지요.

덴마크에서 학생들이 많은 직업 체험을 하도록 권장하는 것은 사회적으로 더 성공할 수 있는 직업을 찾으라는 의도라기보다는 스스로 적성을 찾아서 행복한 삶을 살라는 뜻일 겁니다. 부모나 교사라고 해서 아이의 적성을 대신 찾아줄 수는 없으니까요. 자기 적성을 찾기 위해서는 가능한 한 많은 직업 체험을 하는 것이 좋겠지요. 그다음으로 좋은 방법은《인간의 굴레에서》의 필립처럼 독서를 통해 풍부한 간접 체험을 하는 것입니다. 책으로 접하는 다양한 이야기는 자기 생각을 정리하고 장래를 계획하는 데 큰 도움이 될 거예요.

등교하는 덴마크의 학생들

도스토옙스키가 군인이 되었다면

. . . .

소설 《죄와 벌》로 유명한 러시아의 대문호 도스토옙스키는 빈민 병원 의사의 아들로 태어났습니다. 자수성가한 도스토옙스키의 아버지는 고집이 세고 엄격한 사람이었습니다. 반면 도스토옙스키의 어머니는 다정다감한 성품이었다고 해요. 도스토옙스키는 어려서부터 책 읽기를 좋아하고 작가가 되기를 희망합니다. 그러나 자식의 적성이나 희망보다는 돈을 더 중요하게 생각한 아버지는 아들을 공병학교에 진학시킵니다. 공병학교는 군인을 길러 내는 사관학교인데 학비가 무료거든요. 아버지로서는 학비도 들지 않고 졸업하면 안정적인 직장이 보장되는 사관학교가 최고의 진로로 보였을 것입니다. 그러나 감수성 풍부한 문학 소년이 엄격한 생활과 규율을 강조하는 공병학교에 제대로 적응할 리가 없었습니다.

도스토옙스키는 공병학교에 적응하는 것을 무척 어려워했습니다. 게다가 군인이 될 만큼 건강이 좋은 편도 아니었습니다. 결국 도스토옙스키는 공병학교에 다니면서 사치와 도박에 빠지게 됩니다. 아버지가 원했던 길의 정반대로 간 것이죠. 그나마 늦게라도 자기 적성대로 작가가 되면서

도스토옙스키는 우리가 아는 대작가가 되었지만, 공병학교에 다니지 않고 문학 공부를 했다면 더 많은 좋은 작품을 남겼을지 모르는 일입니다.

유랑단 게시판

1. 적성에 맞는 직업을 선택하려는데 부모님이 좀 더 돈을 많이 벌 수 있는 다른 직업을 권한다면 어떻게 부모님을 설득해야 할까요?

2. 만약 여러분이 부모가 되었는데 자식이 불안정한 직업을 갖겠다고 하면 어떤 조언을 할까요?

우울한
청소년의
마음

2000년대 초반까지 일본은 철도역에 몸을 던져 목숨을 끊는 사람이 적지 않았습니다. 이는 일본의 큰 사회문제였죠. 일본은 비극을 막기 위해 모든 역에 스크린도어를 설치하려다가 비용이 너무 많이 들어서 포기했어요. 그 대신 기차역에 푸른색 LED 조명등을 설치했습니다. 푸른 불빛이 사람의 마음을 안정시켜 준다는 이론에 따른 것입니다. 이 간단하고 쉬운 아이디어는 놀라운 효과를 발휘했습니다. 도쿄대학교의 연구에 따르면 푸른색 LED 조명등을 설치한 역에서는 자살 시도가 84퍼센트나 줄어들었습니다.

판매 금지당한 연애 소설

. . .

1775년 1월 30일 독일 라이프치히 법원은 작센 지방에서 《젊은 베르테르의 슬픔》을 인쇄, 판매하는 것을 금지했습니다. 이 소설이 자살을 미화하기 때문에 사람들에게 해롭다는 이유였지요. 라이프치히 법원의 결정이 아주 엉터리는 아니었습니다. 실제로 당시 《젊은 베르테르의 슬픔》을 읽고 자살한 청년이 여럿 있었으니까요. 그들은 소설의 주인공 베르테르의 패션, 즉 푸른색 코트에 노란색 조끼를 따라 입었다고 합니다. 유명 인사의 자살을 모방해서 목숨을 끊는 현상인 **베르테르 효과**가 여기에서 유래한 것입니다.

그러나 금서로 지정할 만큼 수많은 청년이 목숨을 끊은 아니었습니다. 더구나 당시 독일 청년은 이 소설을 감성 넘치는 로맨스 소설로 생각했고 너도나도 앞다퉈 읽었습니다. 결국 여론에 밀려 《젊은 베르테르의 슬픔》이 독일 전체에서 금서로 지정되는 일은 일어나지 않았습니다. 그 대신《젊은 베르테르의 슬픔》은 독일 문학 최초의 베스트셀러가 되었고 전 세계에 널리 읽히는 책이 되었습니다. 재치 넘치고 세밀한 표현법으로 독자들의 마음을 훔쳤지요.

친구의 약혼녀를 사랑한 괴테

• • •

괴테가 스물네 살에 쓴《젊은 베르테르의 슬픔》은 그가 겪었던 실화를 토대로 쓴 소설입니다. 대학을 졸업하고 변호사로 활동하던 시절 괴테는 요한 케스트너라는 친구를 사귑니다. 그리고 케스트너의 아름다운 약혼녀 샤를로테 부프를 사랑합니다. 괴테는 이룰 수 없는 사랑에 괴로워하다가 결국 포기하고 고향으로 돌아왔습니다. 부프는 예정대로 케스트너와 결혼했고요. 당시 괴테는 케스트너에게 친구인 빌헬름이 직장 상사의 부인을 사랑하다가 뜻을 이루지 못하자 자살했다는 소식을 듣습니다. 놀랍게도 빌헬름이 자살할 때 사용한 권총이 케스트너가 준 것이었습니다.

괴테의 이 경험은 그대로《젊은 베르테르의 슬픔》에 녹아 있습니다.《젊은 베르테르의 슬픔》속 주인공 베르테르가 괴테 자신, 알베르트는 케스트너가 모델이 되었지요. 그리고 소설 속에서 베르테르가 사랑했던 샤를로테는 실제 괴테가 짝사랑했던 친구의 약혼녀와 이름이 같아요.

베르테르는 샤를로테가 자신의 사랑을 받아주지 않자 알베르트에게서 받은 권총으로 자살하며, 그가 원하던 대로 보리수나무 아래에 묻히는 것으로 소설은 끝이 납니다. 그러나 비슷한 경험을 한 괴테는 82세까지 장수를 누렸습니다. 괴테 또한 친구의 약혼녀를 사랑하는 견디기 힘든 경험을 했고, 결국 자신의 사랑을 이루지 못했지만요. 그도 소설 속 베르테르처럼 죽고 싶을 정도로 괴로워했지요.

괴테 또한 자살 충동을 자주 느꼈지만 《젊은 베르테르의 슬픔》을 집필하면서 마음을 많이 추슬렀다고 합니다. 누군가가 괴테에게 "당신이 쓴 소설을 읽고 여러 젊은 친구들이 자살했다는 것을 알고 있느냐?" 하고 묻자 괴테는 "나는 그 소설을 쓰고 슬픔에서 빠져나올 수 있었습니다"라고 대답했다고 합니다. 어쩌면 괴테가 무책임하다고 생각할 수도 있겠지만 슬픔이나 우울증은 글쓰기나 다른 생산적인 활동을 통해 더 나은 삶을 살 수 있는 계기로 만들 수 있다는 메시지로 해석할 수 있지 않을까요?

갈수록 늘어나는 청소년 우울

• • •

우리나라가 38개의 경제협력개발기구^{OECD} 국가 중에서 자살률이 높은 국가 중의 하나라는 것은 잘 알려진 사실입니다. 2010년경만 해도 10만 명당 23명이었던 것이 2022년 현재 26명까지 치솟았습니다. 아울러 청소년 자살률도 급증하고 있습니다. 청소년기는 감정의 기복이 심하고 정서적으로 불안한 시기이기 때문에 성인보다 외부요인에 더 많은 스트레스를 느끼며 극단적인 선택을 하는 경우가 많습니다.

한 사람의 자살은 혼자만의 문제로 그치지 않습니다. 자신은 괴로움에서 벗어날 수 있겠지만 주변 사람에게 큰 상처와 고통을 남깁니다. 특히 부모님의 상심과 괴로움은 말로 표현할 수 없겠지요. '여읜다'는 말은 보통 부모님이 돌아가신 경우를 일컫는다고 알고 있지만 딸을 시집보내는 경우를 의미하기도 합니다. 딸자식을 시집보내는 것이 부모님을 여의는 것과 같은 슬픔이라는 것이죠. 하물며 자식이 부모보다 먼저 세상을 떠나는 경우는 그것을 일컫는 단어조차 없을 정도로 부모에게는 무엇과도 비교할 수 없는 상처로 남습니다. 친구나 지인이 느끼는 상실감과 상처 또한 큽니다. 따라서 자살은 개인의 문제가 아니고 사회의 문제인 것입니다. 베르테르 효과에서 볼 수 있듯이 자살에는 전염성도 있으니까요.

벼랑 끝에 몰린 마음을 보듬는 정책

. . .

갈수록 심각해지는 청소년 자살 문제를 줄일 수 있는 실마리가 전혀 없는 것은 아닙니다. 청소년 자살 사례를 연구한 결과 70~80퍼센트가 자살을 예고하는 행동 단서가 있었다고 합니다. 극단적인 선택을 할지도 모르는 징후를 주변 사람이 알 수 있다는 것이지요.

자살을 하려는 사람은 자살을 암시하는 행동을 한다는 사실을 이용해 효과를 거둔 사례가 영국에 있습니다. 영국도 우리나라처럼 자살이 심각한 사회 문제였기에 지난 2018년 정부에서 자살 예방 차관을 임명했습니다. 자살은 개인의 문제가 아니고, 국가에 관리 의무가 있다고 여기는 것이죠. 영국은 청소년 자살 문제를 해결하기 위해 전국 모든 학교에 심리 상담을 하는 전문 인력도 배치하고 있습니다.

영국은 매년 기차역과 선로에서만 270건 이상의 자살 사고를 겪습니다. 그래서 선로에 가림막을 설치하기도 하고

스크린도어를 설치한 영국 런던의 전철역

통행 금지 구역을 확대하기도 합니다. 그러나 가장 효과적인 방책은 철도역과 선로에서 자살을 암시하는 행동을 하는 사람을 미리 발견해 내는 것이었습니다. 철도역 주변에 이상 행동을 분석할 수 있는 카메라를 설치해서 기차를 타지 않고 정류장을 배회하거나 한 장소에 30분 이상 머무는 사람을 가려냅니다.

이런 사람이 발견되면 상시 대기하고 있는 자살 예방 전문 인력이 다가가 극단적인 선택을 하지 않도록 말을 건네고 상담합니다. 아무리 극단적인 선택을 하려는 사람일지라도 누군가 다가와 따뜻한 말을 건넨다면 충분히 생각을 바꿀 수 있다는 것을 보여 준 것입니다. 그리고 자살을 예방하는 가장 좋은 방법은 가족과 친구 들의 관심과 따뜻한 말 한마디라는 것을 알려 줍니다. 영국은 일본처럼 기차역에 LED 조명을 설치해 비슷한 효과를 거두기도 했습니다.

우리나라는 철도로 뛰어내리는 사람을 막기 위해 지하철역에 스크린도어를 설치했습니다. 우리는 물리적 예방 정책을 많이 시도하지만, 그것보다는 심리적 방지책을 마련하는 것이 더 필요할지도 모릅니다. 자살을 예방하는 제일 좋은 방법은 '자살을 못 하게 하는 것'이 아니라 '자살을 안 하게 하는 것'이니까요. 많은 전문가는 "청소년의 절박한 외침

서울 한강에 설치한 상담 전화인 'SOS 생명의 전화'

은 정말 삶을 포기하려는 마음이 아니라 자신의 슬픔과 괴로움을 알아 주기를 바라는 '울음'에 가깝다"라고 말합니다. 어린아이들이 배가 고프면 우는 것처럼 말이죠.

부모의 따뜻한 공감과 지지

• • •

청소년 자살의 또 다른 특징은 가정환경과 밀접하게 관련되어 있다는 것입니다. 부모에게서 충분한 사랑을 받지 못하고 소외되어 있다는 생각이 극단적인 선택을 하도록 만들 수 있습니다. 경제적으로 어려운 형편과 결손 역시 청소년이 자살을 생각하는 원인이 될 수 있습니다. 그런데 부모와 정서적인 교류가 많고 친밀도가 높으면, 밖에서 이런저런 문제를 겪어도 이겨 낼 힘을 얻습니다. 청소년에게는 친구와의 문제만큼 부모와의 불화가 큰 고민으로 다가옵니다. 한마디로 부모와의 정서적 교감과 친밀도는 청소년의 행동에 큰 영향을 줍니다.

모든 현대인은 매스컴을 통해서 자살 보도를 자주 접합니다. 유명인을 모방해 자살하는 예도 생깁니다. 그러나 실제로 스스로 목숨을 끊고자 한 청소년도 부모와의 친밀도가 높다면 그러한 생각을 거두는 경우가 많습니다. 자식의 극단적인 선택으로 부모가 얼마나 슬퍼하고 괴로워하는지를 알면 마음을 되돌리는 것이지요. 부모라는 위치는 자식이 극단적인 선택을 하게 만들 수도 있고 극단적인 선택을 예방할 수도 있는 중요한 자리입니다. 우리나라 법률은 만 9세부터 24세까지를 청소년으로 규정합니다. 어쩌면《젊은 베르테르의 슬픔》에 나오는 베르테르도 청소년으로 볼 수 있겠군요. 만약 베르테르에게 자식을 잘 보듬고 위로하는 부모가 있었다면 소설의 결말은 달라지지 않을까요?

유랑단 게시판

1. 여러분은 소설 속 인물의 행동을 따라한 적이 있나요? 그런 적이 있다면, 어떤 행동을 왜 따라했나요?

2. 우울과 불안으로 힘들어하는 친구가 주변에 있다면, 어떤 말을 해주고 싶나요?

지울 수 없는 상처, 아동 학대

포르투갈의 축구 선수 크리스티아누 호날두가 아들을 축구 선수로
만들기 위해 조기교육을 시키고 있다는 사연이 보도되었습니다.
호날두는 아들에게 엄격한 식단을 강요하고 휴대전화 사용을
금지했다고 합니다. 물론 호날두의 아들은 아버지를 닮아 체격이
좋고 축구에 재능이 있다고 합니다. 호날두는 아들이 콜라를
마시거나 감자칩을 먹기만 해도 짜증이 난다고 토로했습니다.
그러나 많은 전문가는 한창 자랄 나이의 아들에게 식단을 강제하는
것은 아동 학대에 해당할 수 있다고 지적합니다. 먹고 싶은 것이
많은 성장기에 음식을 제한하면 건강과 발육에 문제가 생길 수도
있으니까요.

증오로 얼룩진 가족

. . .

가끔 에밀리 브론테의 《폭풍의 언덕》과 《워더링 하이츠
Wuthering Heights》를 다른 소설로 오해하는 사람이 있습니다.
무리도 아니죠. 사실 우리나라에는 전자로 더 많이 알려졌
지만 원래 제목은 후자가 맞습니다. 요즘은 원래 제목을 살
려서 《워더링 하이츠》라는 제목을 쓰는 출판사도 있습니
다. 워더링은 거센 바람이 부는 상태를 일컫는 영국 사투리
라고 해요. 저자는 친절하게도 이 사실을 소설 속에서 밝히
고 있지요. 하이츠는 저택을 일컫는 말입니다. 우리나라에
서도 빌라나 아파트 이름을 하이츠라고 짓는 경우가 많잖아
요. 따라서 '워더링 하이츠'는 거센 바람이 부는 저택을 뜻하
는 고유명사입니다. 이 책은 워더링 하이츠와 이웃하는 '스
러시크로스 그레인지'라는 저택을 배경으로 양 집안 사람들
의 사랑과 증오를 다룬 소설입니다.

《폭풍의 언덕》이라는 제목이 원제목과는 다르지만 잘 지은 제목이라고 생각하는 이유는 제목만으로도 이 책의 분위기를 어느 정도 알 수 있기 때문이에요. 네, 그렇습니다. 이 책은 번역서가 500쪽이 넘는 대작인데 평화로운 시절은 50쪽이 되려나 모르겠습니다. 그만큼 전체적으로 우울하고 슬프며 복수가 난무합니다. 오죽하면 《제인 에어》의 저자이면서 에밀리 브론테의 언니인 샬럿 브론테가 이 소설을 읽을 때마다 꿈자리가 어지럽다고 토로했을까요?

게다가 이 소설은 **아동 학대**의 백화점이라고 부를 수 있을 정도로 다양한 종류의 아동 학대 사례가 나와요. 그런데도 이 소설이 세계 10대 소설에 꼽히고 영문학을 대표하는 비극이라고 칭송받는 이유는 비극적인 사랑 이야기, 독특하면서도 흥미로운 전개 방식, 그리고 드라마를 능가하는 극적 요소를 담고 있기 때문입니다.

소설의 줄거리를 잠깐 살펴볼까요? 워더링 하이츠의 주인 언쇼 씨는 리버풀에 갔다가 버림받아서 굶주리고 있는 한 아이를 우여곡절 끝에 집으로 데려와 키웁니다. 이 아이가 바로 히스클리프입니다. 언쇼 씨에게는 남매 자식이 있었는데 힌들리와 캐서린이었죠. 캐서린을 제외한 모든 식구는 히스클리프를 괴롭히고 무시합니다. 히스클리프 또한 캐서린을 제외한 모든 사람을 증오했지요. 언쇼 씨는 히스클리프를 아끼고 보호해 주었지만, 그가 세상을 떠나고 외지에 나갔던 언쇼 씨의 아들 힌들리가 돌아오면서 비극은 시작됩니다.

힌들리는 히스클리프를 증오한 나머지 가족이 아닌 하인으로 취급합니다. 공부는 시키지 않았고 하인처럼 농사일을 하게 했지요. 설상가상으로 자기 아내가 헤어턴 언쇼라는 아들을 낳고 세상을 떠나면서 히스클리프에 대한 증오가 더욱 깊어졌습니다. 학대가 얼마나 심했는지 힌들리가 히스클리프를 대하는 태도는 "성자를 악마로 만들 수 있을 정도"라고 그들을 지켜본 하녀가 말할 정도였지요. 이 와중에 히스클리프가 사랑했던 캐서린은 '격이 맞지 않는다'라는 이유로 스러시크로스 그레인지 저택의 교양 있고 잘생긴 아들 에드거 린턴과 결혼해 버립니다. 이 말을 우연히 듣게 된 히스클리프는 그 길로 집을 나가 행방불명이 됩니다.

히스클리프는 어떻게 돈을 벌었는지는 알 수 없지만 어쨌든 부자가 되어 다시 돌아옵니다. 그는 오로지 복수심 하나로 자신을 짝사랑하는 에드거 린턴의 여동생 이사벨라와 사랑 없는 결혼을 합니다. 그리고 자신을 학대했던 힌들리를 도박판에 끌어들여 파산하게 만들고 워더링 하이츠의 주인이 되었지요. 힌들리가 남긴 아들 헤어턴은 졸지에 히스클리프 밑에서 일하는 하인이 되었습니다. 히스클리프는 자신을 학대한 힌들리에 대한 복수심에 그의 아들인 헤어턴을 여러 가지 방법으로 학대합니다. 힌들리가 자신에게 한 것처럼 공부를 시키지 않았고, 그 어떤 나쁜 행동을 해도 나무라지 않았지요. 착하게 살고 나쁜 행동을 하지 말라는 충고도 하지 않습니다. 전문가들은 폭력뿐만 아니라 아동이 아무렇게나 자라도록 방치하는 것 또한 학대라고 말합니다.

폭력과 욕설만이 학대일까

• • •

별다른 훈육이나 교육을 받지 못한 헤어턴은 하인으로 전락한 처지에 대해 부당함을 느끼거나 자신의 권리를 찾겠다는 의식조차 하지 못합니다. 그리고 착하고 따뜻한 심성을 잃어버리고 욕설과 폭력을 일삼는 사람이 되었습니다. 이 모든 것이 히스클리프가 의도한 것이었지요. 결국 헤어턴은 학대에 너무나도 익숙해진 나머지 미움받는 것을 하나의 쾌락으로 삼는 처지에 빠지게 되었습니다.

다시 축구 스타 호날두 이야기로 돌아가 볼까요? 호날

두는 자신의 이름을 따서 이름을 지을 만큼 아들을 사랑합니다. 그런데 아들에 대한 욕심이 지나치고 자신의 야망을 채우기 위해 아들이 어떤 꿈과 생각을 가졌는지를 생각하기보다는 자신처럼 뛰어난 축구 선수로 만드는 데에만 집중합니다. 호날두는 히스클리프처럼 의도적으로 아동을 학대하지는 않지만, 자식을 자신의 의도대로 키우겠다는 욕심 때문에 결과적으로 학대를 하고 있는지도 모른다는 지적을 받는 것입니다. 한참 놀고 싶고 여러 가지 음식을 먹고 싶은 나이인데도 아버지의 강요로 오로지 축구 연습에만 몰입한다면 다른 사람이 보기에는 학대로 보일 수 있다는 뜻이지요.

반드시 폭력을 행사하고 욕설을 하는 것만이 학대는 아닙니다. 히스클리프가 자신을 괴롭힌 사람의 아들 헤어턴을 학대한 결과 헤어턴은 어른이 되도록 다른 사람을 사랑할 줄도, 자신의 권리를 주장할 줄도 모르며 글을 읽고 쓸 줄도 모르는 사람이 되어 버렸습니다. 자식에게 관심이 지나쳐서 자신의 의도대로 자식을 키우려는 것이나, 반대로 관심이 전혀 없어서 자식을 방치하는 것 모두 아동 학대라고 볼 수 있습니다.

학대는 또 다른 학대를 낳고

• • •

히스클리프가 힌들리에게 학대당하던 시절에서 우리는 주목해야 할 학대의 부작용을 목격할 수 있습니다. 집주인의 아들인 힌들리가 히스클리프를 학대하자 하녀도 히스클리프를 무시하고 학대에 동참한다는 사실입니다. 하녀 엘렌은 이 소설 전체를 통해서 그나마 바른 심성을 가진 몇 안 되는 사람 중 한 명이라고 많은 독자가 생각하는데요. 엘렌마저도 어린 시절 다른 사람이 학대하는 모습을 본 이후 아동학대에 별다른 죄의식을 갖지 않게 됩니다. 그가 마치 놀이처럼 불쌍한 약자를 괴롭히는 모습은 학대가 얼마나 무서운 일인지를 알게 해주지요. 친구가 다른 친구를 괴롭히는 것을 지켜보면서 그 행동이 나쁜 행동이라고 인식하지 못하는 것입니다.

우리가 어린 시절 즐겨 읽었던 동화 《신데렐라》를 떠올려 보세요. 신데렐라의 의붓어머니가 신데렐라를 괴롭히는 것을 보고 자란 언니들이 엄마를 따라서 신데렐라를 괴롭힙니다. 어떻게 보면 학대를 모방하고 학습한 사람 또한 학대의 피해자일지도 모르겠습니다. 그 행동이 잘못된 행위라는 것을 인식하지 못하게 되었으니까요. 힌들리는 히스클리프

159

를 학대함으로써 또 다른 잘못을 한 셈이지요. 히스클리프에게 폭력에 대한 잘못된 인식을 심어주었으니까요.

학대는 대물림됩니다. 힌들리가 히스클리프를 학대하자 히스클리프는 원수의 자식뿐만 아니라 주변 사람, 특히 자기 아들마저도 학대합니다. **가정폭력**에 시달린 자식들이 성장해서 자기 자식을 학대하고 폭력을 행사하는 일이 종종 발생하는 이유이지요. 헤어턴도 마찬가지예요. 히스클리프에게 학대당한 헤어턴은 별다른 이유 없이 타인을 함부로 대합니다. 심지어는 자신에게 호감을 갖고 도와주려는 사람도 경계하고, 여차하면 욕설을 퍼붓습니다.

상처는 사랑으로 치유된다

· · ·

헤어턴은 히스클리프에게 학대당해서 삐뚤어진 사람이 되었지만 결국 사랑으로 치유됩니다. 히스클리프가 재산을 차지하겠다는 욕심으로, 거의 강제로 자신의 죽어 가는 아들과 결혼시켜 며느리로 삼은 캐서린 린튼은 집안에서 천덕꾸러기로 취급받던 헤어턴을 사랑으로 대합니다. 성인이 되어서도 쓸 줄도 읽을 줄도 모르는 헤어턴에게 인내심을 가지고 글을 가르치지요. 헤어턴으로 하여금 사랑받는 사람이라는 인식을 갖게 해줌으로써 헤어턴이 원래 가지고 있던 착하고 다정한 심성을 되찾도록 돕습니다. 결국 우리는 《폭풍의 언덕》으로 아동 학대의 여러 가지 현상을 목격하지만 결국 타인에 대한 사랑과 배려만이 세상을 따뜻하고 살 만한 곳으로 만드는 길이라는 것을 깨닫게 됩니다.

유랑단 게시판

1. 아이를 키울 때는 인성과 도덕성을 길러 주기 위해 때로 엄격한 훈육도 필요합니다. 여러분이 생각하는 학대와 훈육을 가르는 기준은 무엇인가요?

2. 부모가 자식의 일상을 엄격하게 관리하거나 강제하는 것은 학대와 훈육 중 어디에 속할까요?

사랑이
탄압받은
시대

2022년 11월 미국 식품의약국(FDA)은 동성애자와 양성애자의 헌혈 규제를 크게 완화할 것이라고 발표했습니다. 미국은 1980년대 에이즈 확산을 막기 위해 남성 성소수자의 헌혈을 금지했습니다. 하지만 미국 적십자사를 비롯한 보건 기관들은 이런 헌혈 금지에 의학적인 근거가 없다고 비판해 왔지요. 헌혈 정책 개선을 주도한 노스캐롤라이나주 보건복지부 장관은 "이제 우리는 누구냐가 아니고 어떤 행동을 했느냐를 따져서 헌혈을 할 수 있게 되었다"며 기뻐했습니다. 이제 미국은 성소수자라는 이유만으로 부당한 대우를 받지 않아도 되는 사회로 가는 초석을 마련했습니다.

아름다운 묘사가 빛나는 소설

. . .

독일의 대문호 토마스 만은 우리에게 널리 읽히는 작가는 아닙니다. 《마의 산》이 대표작인데 성인이 읽기에도 쉽지 않습니다. 난해하기도 한 데다 800쪽에 이르는 대작이니까요. 그렇다면 《베네치아에서의 죽음》이 좋은 선택이 될 수 있습니다. 길지 않은 중편이면서도 토마스 만의 수려한 묘사력이 유감없이 발휘된 작품이니까요. 우리에게 좀 더 알려진 《금각사》로 유명한 일본 작가 미시마 유키오의 《가면의 고백》과 《베네치아에서의 죽음》은 여러 공통점이 있습니다. 둘 다 작가 자신의 일생을 소재로 한 자전적 소설이고, 묘사력이 뛰어나며 무엇보다 작가의 동성애적 성향을 내비친 작품이라는 점입니다.

유키오를 흔히 **탐미주의** 작가라고 하지요. 우리가 소설을 읽을 때 주제와 줄거리에 초점을 맞추고 읽게 되잖아요?

그런데《가면의 고백》과《베네치아에서의 죽음》은 뚜렷한 사건 전개가 없지만 묘사력 하나만으로도 모든 단점을 극복합니다. 특히《베네치아에서의 죽음》은 50대에 이른 작가가 10대 미소년에게 반해서 결국 목숨까지 잃게 된다는 이야기로, 줄거리가 단순하고 뻔한 편이지만 토마스 만 특유의 압도적인 묘사와 화려한 문장력으로 독자에게 감동을 줍니다.

주인공 아셴바흐는 50세의 성공한 작가이며 귀족입니다. 그는 자신이 쌓은 명성을 지키기 위해 언제나 원칙에 따라 합리적으로 생활하려고 노력합니다. 공공장소에서 하품조차 하지 않았죠. 글쓰기에 몰두하기 위해 기분 전환조차 금기시하고 다채로운 외부 활동이나 경험을 경계합니다. 그러나 그는 자신을 구속하는 원칙에 지칩니다. 언제나 계획대로만 살던 생활에서 잠시 벗어나 즉흥적이며 빈둥거리는 휴식을 하기로 결심합니다. 그가 선택한 휴식은 베네치아 여행이었습니다.

아셴바흐는 베네치아에서 완벽하게 아름다운 미소년을 목격합니다. 소년의 곧은 코와 사랑스러운 입은 마치 그리스 조각상을 연상하게 했지요. 타지오라는 이름을 가진 소년을 멀리서 지켜보는 것이 아셴바흐의 가장 큰 행복이자 즐거움이 되었습니다. 아름다운 미소년을 숭배하고 연구함

《베네치아에서의 죽음》의 배경이 되는 이탈리아의 베네치아

으로써 아셴바흐의 가슴은 삶의 기쁨으로 가득 차게 되었습니다. 늙고 주름진 자신의 외모에 자괴감을 느끼고 외모에 부쩍 신경을 쓰기도 했습니다. 소년을 좀 더 자주 보기 위해서 소년의 뒤를 몰래 쫓아다니기도 하지요. 물론 타지오도 이런 아셴바흐의 행동을 은연중에 눈치 채지만 이 둘은 개인적으로 따로 만나거나 사랑을 속삭이지는 않습니다.

어찌 보면 아셴바흐는 합리성과 원칙에 매여 살았던 자신과 전혀 다른 감각과 관능적인 세계에 사는 타지오를 추앙했을지도 모르겠습니다. 아셴바흐가 머무는 베네치아에 콜레라라는 무서운 감염병이 돌면서 관광객이 하나둘 떠났고 사람들은 죽어 갔습니다. 아셴바흐에게는 이 재앙마저도 축복으로 느껴졌습니다. 사람이 모두 떠나면 타지오와 좀 더 자주 만날 수 있는 행복이 찾아올지도 모른다고 생각했어요. 그래서 그는 감염병이 돈다는 것을 알면서도 베네치아를 떠나지 않았고 결국 감염이 되어 타지오를 지켜보면서 죽어 갑니다.

실제로 토마스 만은 1911년 베네치아를 방문했는데 거기에서 열네 살 정도로 보이는 너무나 아름다운 미소년을 우연히 만났습니다. 이 경험을 토대로 《베네치아에서의 죽음》을 썼다고 합니다. 그가 만난 소년이 타지오의 모델이 되었던 것이죠. 그러나 앞서 말했듯이 이 소설에는 동성애적 행위가 전혀 나오지 않고 작가가 스스로 성소수자라고 커밍아웃한 것도 아닙니다. 그러나 그의 작품과 일기를 참고하면 그가 동성애적 성향을 가진 것은 사실에 가깝다고 여겨지고 있습니다. 성 정체성을 공개하는 대신 자신의 숨겨진 성향을 작품으로 승화시켰다는 것이 진실에 가깝겠군요.

성소수자가 처벌받던 시대

· · ·

토마스 만이 동성애적 성향을 가지고 있었다고 해도 그는 섣불리 동성애자라고 **커밍아웃**하기 힘들었을 것입니다. 커밍아웃이란 성소수자가 스스로 자신의 성 정체성을 드러내는 것을 뜻해요. 그가 살았던 독일을 비롯한 유럽은 20세기 초까지 동성애를 혐오의 대상을 넘어 범죄로 여겼습니다. 동성애를 처벌하는 형법 제175조가 존재했으니까요. 토마스 만은 아인슈타인과 함께 이 법을 폐지하자는 탄원서에 서명을 했습니다. 그러나 나치 정권이 들어서면서 동성애자에 대한 탄압은 더욱 강경해졌습니다. 알다시피 나치 정권은 동성애자를 유대인과 마찬가지로 박멸해야 할 대상으로 생각했습니다. 전쟁을 반대하고 인간 중심적인 사고를 가졌던 토마스 만은 결국 미국으로 망명하게 됩니다.

　물론 오늘날 동성애를 범죄로 취급하는 국가는 거의 없지만 자신이 동성애자라고 커밍아웃하는 일은 토마스 만의 경우와 마찬가지로 여전히 쉽지 않습니다. 왜 그럴까요? 사실 커밍아웃이야말로 LGBT들이 맞닥뜨리는 특별한 문제입니다. LGBT란 레즈비언Lesbian, 게이Gay, 양성애자Bisexual, 트렌스젠더Transgender의 앞글자를 따서 만든 단어로, 성소수자를 넓게 지칭하는 말이에요. 성소수자를 혐오하는 사람은 은연중에, 아니면 대놓고 "사랑하는 것은 자유이지만 내 눈에는 띄지 않았으면 좋겠다"는 식의 이야기를 자주 합니다. 한마디로 LGBT로 하여금 자신의 성향을 숨기고 살아야 한다고 강제하는 셈이죠.

　하지만 요즘은 사회가 LGBT에게 성향을 드러내지 말라고 강요한다면 그것은 일종의 폭력이나 다름없다고 생각하는 사람이 많아요. 미국에서 그동안 동성애자에게 헌혈을 금지한 것도 따지고 보면 동성애자 중에 에이즈 환자가 많다는 편견이 작용했기 때문이지요. 그러나 남성 동성애자에게 헌혈을 허용한다면 실보다는 득이 많습니다. 에이즈 감염에 대한 위험이 도사리고 있지만 헌혈을 하기 전에 검사

스웨덴 스톡홀름에서 열린 LGBT 축제

를 해서 감염 여부를 확인하면 되니까요. 동성애자에게 금지한 헌혈을 허용함으로써 수혈이 급한 더 많은 환자를 살릴 수 있습니다.

인간으로서 누려야 할 권리를 위해

• • •

LGBT를 비롯한 모든 사회의 소수 세력은 자신의 정체성을 드러내지 않고서는 응당 누려야 할 인간으로서의 권리를 누리지 못하는 경우가 많습니다. 커밍아웃은 단순히 자신의 성적 취향을 드러내는 선언을 넘어서 다른 사람과 마찬가지로 평등한 존재로 살아가기 위한 가장 적극적인 권리 주장이지요. 그러니 커밍아웃을 하는 사람이 많아질수록 성소수자에 대한 편견이 줄어들 수밖에 없습니다. 성소수자와 더많이 교류함으로써 그들의 문화를 이해하고 편견을 줄일 수있기 때문입니다.

성소수자를 대놓고 비난하지 않더라도 그들에 대한 모욕과 비방이 사회 전반적으로 내재해 있다면 성소수자는 자신의 처지를 비관하고 자존감이 낮아질 수밖에 없습니다. 실제로 성소수자는 우울, 비관, 자살 충동 증세를 더 자주 겪는다고 합니다. 반대로 커밍아웃을 하고 성소수자 커뮤니티에서 활동을 하면서 삶의 질이 높아지고 자존감이 높아진다는 연구 결과가 있어요. 성소수자로서 사회적 교류를 하게 되면 심리적인 안정을 얻을 수 있고 우울증 증세가 완화된다고 합니다. 이렇게 된다면 성소수자의 가족, 나아가 사회 전체에도 긍정적인 영향을 주겠지요. 따라서 주변 사람이 커밍아웃을 한다면 '실망했다'는 식의 반응보다는 '나에게 말해 주어서 고맙다'는 식의 반응이 바람직할 거예요.

성소수자에게 극렬한 혐오를 가진 사람은 특이한 성 정체성을 질병으로 생각하는 경향이 있습니다. 과연 LGBT는 치료가 필요한 사람들일까요? 결론부터 말씀드리자면 미국에서는 이미 1973년에 동성애를 질병으로 볼 수 없다는 결론을 내렸고 세계보건기구도 1990년에 이에 동의했습니다. 동성에게 성적으로 끌림을 느끼는 것은 마치 라면 중에서 유독 짜장라면을 좋아하는 것과 같은 단순한 기호의 문제라는 것입니다.

당연한 일이겠지만 LGBT에게 염색체나 유전적 이상이 있는 것도 아닙니다. 1960년대에 '성소수자와 함께 있는 것을 불편해하는 것'이라는 의미를 가진 호모포비아 homophobia라는 단어를 처음 만든 미국 심리학자 조지 와인버

그는 성소수자 혐오가 폭력적인 성격으로 발달하는 현상이야말로 오히려 정신 질환으로 분류될 수 있다고 주장했습니다. 그에 따르면 성소수자보다 그들을 향한 혐오가 지나쳐 폭력적인 성향을 가지게 된 사람이 오히려 치료를 받아야 할 대상인 것이죠.

일부에서는 LGBT를 서양에서 수입된 퇴폐적인 문화의 영향을 받은 사람들이라고 치부하기도 해요. 그러나 성소수자들은 인류가 등장한 이후로 꾸준히 존재해 왔습니다. 우리나라에도 동성애자 남성을 일컫는 '수동무'나 '맞동무'라는 어휘가 존재했습니다. 다만 자의 반 타의 반으로 숨어 있었을 뿐이죠. 따라서 LGBT는 치료를 받아야 하는 사람이 아니며 특별히 이상한 사람도 아닙니다.

유랑단 게시판

1. 일부 나라에서는 동성 간에 결혼을 법적으로 허용합니다. 그렇다면 우리나라도 동성 간의 결혼을 인정해야 할까요?

2. 성소수자에 대한 편견이 사회적으로 심해진다면 어떤 문제가 생길까요?

사진 출처

18쪽	infopopup.fr
28~29쪽	Drop of Light / shutterstock.com
41쪽	Anas-Mohammed / shutterstock.com
43쪽	www.pikiwiki.org.il
67쪽	Sheila Fitzgerald / shutterstock.com
78~79쪽	SL-Photography / shutterstock.com
99쪽	Whoisjohngalt / commons.wikimedia.org
110쪽	www.researchgate.net
123쪽	KA Sports Photos / www.flickr.com
137쪽	Anna50 / shutterstock.com
149쪽	Ju Jae-young / shutterstock.com
170쪽	Stefan Holm / shutterstock.com

다른 포스트

뉴스레터 구독

세계 고전 유랑단

세계시민 감수성이 커지는 문학 탐험,
전쟁부터 환경까지

초판 1쇄 2023년 12월 18일

지은이 박균호

펴낸이 김한청
기획편집 원경은 차언조 양희우 유자영
마케팅 현승원
디자인 이성아 박다애
운영 설채린

펴낸곳 도서출판 다른
출판등록 2004년 9월 2일 제2013-000194호
주소 서울시 마포구 동교로 27길 3-10 희경빌딩 4층
전화 02-3143-6478 **팩스** 02-3143-6479 **이메일** khc15968@hanmail.net
블로그 blog.naver.com/darun_pub **인스타그램** @darunpublishers

ISBN 979-11-5633-593-1 43800

다른 생각이
다른 세상을 만듭니다